말하기를 말하기

말하기를 말하기

김하나 산문

제대로 목소리를 내기 위하여

문학동네

말이
나왔으니
말인데

우리는 말하기를 걷기와 비슷하게 생각한다. 대부분의 사람은 태어나 일정 시간이 지나면 첫발을 떼고 걷기 시작해, 별 탈이 없다면 평생 걸어다닌다. 방에서 방으로, 길에서 길로, 때로는 대륙에서 대륙으로. 오래 걷기는 그 어떤 행위보다 깊은 사유를 끌어내지만 그럴 때에도 우리는 걷는 행위 자체에 대해서는 깊이 생각하지 않는다. 말하기에 대해서도 그렇다. 대부분의 사람은 태어나 일정 시간이 지나면 첫마디를 떼고 말하기 시작해, 별 탈이 없다면 평생 말을 하며 산다. 옆 사람에게, 수많은 청중에게, 때로는 전

세계를 향해. 그런데 말하기에는 걷기와 달리 엄청나게 다채로운 층위가 있다. 말하기는 소통이고, 공감이고, 폭력이고, 음악이고, 가르침이고, 놀이고, 도발이고, 해소고, 울림이고, 예의이므로. 그럼에도 우리는 말하기를 걷기와 비슷하게 여긴다. 누구나 하는 것이고, 저마다의 걸음걸이가 있듯 저마다의 말하기가 있을 뿐이라고. 우리는 말하는 행위에 대해 깊이 생각하지 않는다.

　　말하기에는 분명 '솜씨'라는 것이 작용한다. 수사학 rhetoric에 대한 일반의 관심이 거의 없다시피 한 우리나라에서 '말주변' '말재간' '입심' '언변' 등으로도 표현되는 이 '말솜씨'는 흔히 '화술話術'이라고들 하는데 이 말은 좀 고약한 데가 있다. '말하기의 기술'을 뜻하겠으나 '요술' '둔갑술' '최면술'처럼 어딘지 말로 상대를 속이고 꾀어 원하는 바를 얻어내는, 혀를 날름거리는 뱀 같은 이미지가 겹쳐 보인다. 이런 말이 널리 쓰이는 곳에서 화술은 결코 예술藝術이 되지 못할 것이다. 나는 '화술'과는 조금 다른 '말하기의 기술'에 대해 이야기해보고 싶었다. 말하기 교육을 받았고 오랜 시간 연습해왔으며 이제 말할 자리가 많아진 사람으로서 그동안 생각해온 것들을 이 책을 통해 공유하려 한다. 나는 쓰는 사람이기도 하므로. 장담하건대, 말하기에 대해 생각을 시작하는 것만으로도 커다란 변화가 찾아올 것이다. 바로 내가 그랬으니까.

'말귀가 트이'고 '말문이 막히'듯, 말은 드나드는 속성을 지녔다. 나온 말은 '펀치 라인'이 되어 강력한 힘을 발휘하기도 하고, 주워 담을 수 없는 '말실수'가 되기도 한다. 나오지 않은 말은 가슴에 남아 한 사람의 신념이 되기도, 평생의 한이 되기도 한다. 지금 내겐 갑작스럽게 떠난 둘째 고양이 고로에게 미처 전하지 못한 말이 가슴에 남아 있다. 남은 말은 오히려 그를 그리는 구심점이 되니 말의 작용이 이토록 신묘하다. 수어手語를 포함하여, 말은 인간됨을 구성하는 중요한 요소이고 서로에게 가닿게 하는 소중한 기술이다. 그럼에도 우리 대부분이 한 번도 배우지 못했고 깊이 생각해보지 않았던 분야다. 이 책은 말하기라는 거대한 세계를 탐색하는 작지만 중요한 열쇠가 될 것이다.

책을 낼 때마다 멋진 제목을 툭 던져주는 나의 동거인 황선우 작가, 내가 견지하려는 태도와 나의 본질 같은 것을 놀랍도록 정확히 (그리고 귀엽게!) 선으로 표현해주신 이윤희 작가님, 참으로 유능하고 사려 깊어 함께 책을 만드는 일이 지극한 즐거움과 배움이 되게 해준 배윤영 편집자님께 각별한 고마움을 전한다.

자, 그럼 이제 말문을 열어볼까요?

2020년 여름
김하나

차례

내성적인
아이

나는 늘 두려웠다. 목소리를 내기가, 낯선 사람을 대하기가, 나의 이야기를 꺼내기가. 그래서 지금 이 순간은 조금 초현실적이다. 세월이 흘러 말하기에 대한 책을 쓰게 되리라고 어린 날의 내가 어디 상상이나 할 수 있었을까? 수많은 사람들 앞에서 마이크를 잡고 이야기하고 종종 낯선 사람들로부터 "잘 듣고 있어요"라는 인사를 받게 될 날이 올 줄 알았더라면, 어린 나는 그 모든 것이 좀 덜 당혹스러웠을까?

나는 지독하게 내성적인 아이였다. 익히 아는 친척들

을 만나도 인사를 잘 못할 정도였다. 낯선 사람 앞에서는 주눅이 들어 숨을 곳을 찾기 바빴고 제발 그 사람이 내게 말을 걸어오지 않기를 기도했다. 아빠가 학생들을 가르치는 분이었기에 우리집에는 이따금 졸업한 제자들이 우르르 찾아와 늦도록 술자리를 가졌는데, 그럴 때면 소심한 오빠와 나는 방에 콕 틀어박혀 몇 시간씩 숨어 지냈다. 방을 나서면 거실의 사람들이 나를 보고 말을 걸거나 대화 소재로 올릴까봐 화장실이 가고 싶어도 도저히 못 견딜 때까지 참곤 했다. 지금도 나의 부모님은 식당에서 아이들이 소리를 지르거나 뛰어다니는 걸 잘 이해하지 못하는데, 그건 어린 시절 오빠와 내가 낯선 사람들로 가득한 공공장소에서는 쥐죽은듯 조용했기 때문이다.

초등학교에서도 사정은 달라지지 않았다. 나는 늘 3월 2일이 어려웠다. 한 학년이 끝날 때쯤이면 겨우 친해진 두셋 정도의 친구들이 있기도 했지만 새 학년이 시작되면 다시 낯선 얼굴들 속에서 어색함과 두려움을 견뎌야 했다. 반에서 나의 존재감은 극도로 미미했다. 앞에 나서서 의견을 주도하고 주목받는 데 거리낌이 없는 아이들을 보면 신기하기만 했다. 등하굣길은 늘 혼자 다녔는데, 어쩌다 같은 반 아이가 저 앞에 보이면 도대체 무슨 말을 주고받아야 할지 몰라 길을 돌아가거나 그 아이가 멀어질 때까지 골목에서 서성이곤 했다.

한편 친해진 아이와는 소곤소곤 이야기를 잘 주고받고 심지어 농담도 잘하는 편이었다. 나의 관계들은 늘 내밀했다. 나는 당시 고양이의 성격에 대해 전혀 알지 못했지만, 지금 고양이 여럿과 함께 사는 사람으로서 반추해보면 그때의 나와 친해지는 건 길고양이에게 다가가는 것과 아주 흡사했을 것이다. 나중에 내가 진행하는 팟캐스트에서 내성적이고 소심했던 내 어린 시절에 대해 이야기하자 애청자인 엄마는 그걸 듣고 깜짝 놀랐다고 한다. 집에 와서는 미주알고주알 학교에서 있었던 온갖 이야기를 다 떠벌렸기 때문에 엄마는 내가 학교에서 그렇게 조용한 아이였는지 몰랐던 것이다. 무려 30년 동안이나.

내가 편안하게 느끼는 극소수의 사람 외에 다른 사람들 앞에서 말하기를 어려워했던 데에는 내성적인 성격 말고도 이유가 더 있었다. 목소리였다. 나는 '앞으로 나란히'

동작을 거의 해본 적이 없다. 키가 너무 작아서 항상 맨 앞에서 허리에 손을 얹고 '기준'을 한 터라 내가 줄을 맞출 앞 사람은 없었기 때문이다. 그런데 어릴 적부터 목소리는 꽤 낮은 편이었다. 땅꼬마 같은 몸에서 저음의 목소리가 나오는 게 생경했는지, 내가 말을 하면 아이들은 "남자냐 여자냐" 하며 놀렸다. 나는 꾸미는 데 관심이 없었고 몸가짐이나 제스처가 남자아이 같은 데가 있었기 때문에 더더욱 그랬다. '아줌마 목소리'라고 놀림을 받을 때도 있었다. 열 살도 되기 전에 이미 사회생활이 곤혹스러웠다. 나는 말하기에 점점 더 주눅이 들었다. 그런 채로 말을 하려니 입속에서 우물거리게 되었고, 그러잖아도 작은 목소리는 더 기어들어갔다.

세월이 흘러 지금 내겐 초등학생, 중학생인 조카가 둘 있다. 나보다 더 소심했던 오빠의 아이들이다. 내가 본가가 있는 부산에 가서 가족 식사를 할 때면 조카들이 저쪽에서 쭈뼛거리고 있다. 오빠가 아이들을 다그친다. "'고모 안녕하세요~' 해야지!" 내가 용돈이라도 주면 "'고맙습니다 고모~' 해라!" 그럼 조카들은 나와 눈도 못 마주친 채 시키는 말을 웅얼거린다. 나는 속으로 생각한다. '으이그, 오빠는 어릴 적에 어쨌게?!' 자기 자식이 뭐든 좀 잘했으면 하는 부모 마음도 이해는 가지만, 나는 부끄럼 많은 조카들의 감정에 더 이입하게 된다. 내가 그런 아이였으므로. 부모가 시키는 인사를 억지로 겨우 해내면 어른들이 마치 내가 그 자리에 없는 양 "아~가 영 숫기가 읎네" "누구 닮아서 이렇노" 등등 평가를 했고 나는 그런 말을 듣는 것이 너무 싫었다. 아이의 긴장을 풀어주려고 던지는 "하나야~ 일로 와봐라, 함 안아보자!"는 최악이다.

그래서 나는 조카들에게 먼저 다가가지 않는다. 아이들이 그 자리에 없는 양 성격을 평가하지도 않는다. 가끔씩 구체적인 칭찬을, 본인에게 직접 짤막하게 건넬 때는 있지만 성급히 대화를 시도하지도 않는다. 예민한 고양이를 대하듯이 조카들을 대하고 있다. 2년 전 엄마의 칠순을 맞아 오빠네 가족과 제주도를 며칠간 여행한 적이 있다. 조카들과 내내 자동차 뒷자리에 나란히 앉아서 다녔는데 그때 우리는 아주 조금씩 가까워졌다. 여행 끝나고서는 조카 중 한 명이 나를 안아주었는데, 이것이 얼마나 엄청난

진전인지는 나와 그 조카만 알 것이다. 물론 나의 예상대로 다음에 만났을 땐 다시 관계가 원래대로 멀쩍이 리셋되어 있었지만.

언젠가 조카들이 크면 달라질 것이다. 내가 요즘 친척들을 대할 때 스스럼이 없듯이. 단, 시간은 한 30년쯤 걸릴지도 모른다. 극도로 내성적인 아이였던 내가 말하기 책을 쓰게 되기까지, 그사이에 무슨 일이 있었는지 이제 나의 30년에 대해 이야기해보려 한다.

너는
말하는 사람이
될 거야

"김하나, 기억해, 너는 말하는 사람이 될 거야."

중학교 2학년 때 담임 선생님이 청소 시간에 나를 복도로 불러내어 눈을 들여다보며 하신 말씀이다. 오랫동안 완전히 잊고 있던 이 말이 불현듯 다시 생각난 건, 내가 출연하고 있는 라디오방송에서 광복절 특집으로 '고마운 분께 드리는 말씀'을 들려달라는 청탁을 받았기 때문이다. 고마운 기억들을 더듬다 요즘 이런저런 곳에서 '말하는 사람'으로도 살아가고 있는 내게 갑자기 그 옛날 선생님의 말씀이 떠올라 한 방 맞은 느낌이 들었다. 겨우 중학교 2학년 학생에게 그런 말씀을 하신 것도 신기하지만, 앞서 말한 것처럼 나는 원래 두려움과 부끄럼이 너무 많던 아이였기 때문이다.

1990년, 중학교 2학년의 1학기가 시작되었다. 우리 학교는 남녀 공학이었는데 여학생 반과 남학생 반이 따로 있었다. 늘 새 학기가 시작되면 낯선 얼굴들 속에서 어쩔 줄을 몰랐던 나는 그해 1학기는 조금 더 편안한 느낌으로 시작할 수 있었다. 반 배정이 묘하게 이루어져서 1학년 때 나와 같은 반이었던 아이들이 대거 2학년 때도 같은 반이 되었다. 우리 반 출신 애들이 다른 반 출신에 비해 훨씬 많았다. 새 학기의 어색한 기류 속에 그래도 1년간 눈에 익은 친구들끼리 묘한 단합심 같은 게 생겼는지 나도 어느새 '우리 무리'의 일원으로 받아들여졌고 그 무리는 반의 중심 세력처럼 되었다. 요즘 말로 살짝 '인싸'가 된 느낌을 나는 그때 평생 처음으로 느꼈던 것 같다. 곧 반장 선거가 있었는데 '우리 무리' 중 가장 공부를 잘했던 내가 후보로 추천되었고, 어째선지 과반수가 훌쩍 넘는 압도적인 지지를 얻어 덜컥 반장이 되었다. 무슨 극중에서 배역을 부여

받은 사람처럼 나는 그날로 반장이라는 역할을 뒤집어썼다. 그것은 묘한 감각이었다.

반장이라는 자리가 주어지자 나의 말하기 패턴은 판이하게 바뀌었다. 반장은 앞에 나가 말할 일이 많았다. 선생님의 공지 사항도 알려야 하고 학급 회의도 주재해야 했다. 자습 시간에 떠드는 아이들에게 주의를 주고, 또 요즘도 그런 걸 하는지 모르겠는데 수업이 시작되면 "차렷, 열중쉬어, 차렷, 선생님께 경례!" 같은 구령을 붙이는 것도 내 역할이었다. 지금 쓰면서 생각해보니 참 딱딱한 군대식 인사법이다. 원래 모깃소리처럼 말하던 나는 점차 아이들의 잡담 소리를 뚫고 들릴 정도로 또렷하고 크게 말하게 되었다. 그런데 놀랍게도 알고 보니 나는 아랫배에 힘을 주고 말하면 쩌렁쩌렁한 목소리를 낼 수 있는 사람이었다. 그전까지는 내 목소리와 말투를 듣고 사람들이 뭐라고 평가할까, 또 놀림당하는 게 아닐까 두려워하는 마음을 한 켠에 품고 지냈다면, 이제는 반에서 내 목소리를 모르는 학생은 없었고 그걸 나도 자연스럽게 여겼다. 반장이 되는 것은 '네가 뭔데 큰소리냐'라고 면박을 주거나 내 목소리

가 이상하다고 놀릴 친구는 없다는 안심을 얻는 일이기도
했다. 나는 어느새 매일 수십 명의 친구들에게 말하는 사
람이 되어 있었다.

그러던 어느 날 학급 회의를 진행한 뒤의 청소 시간에,
국어 담당이던 담임 선생님이 나를 불러 그렇게 말씀하신
것이다. 눈을 지그시 들여다보며 "기억해, 너는 말하는 사
람이 될 거야"라니…… 미래에서 온 메신저가 전갈을 전
하는 타임 슬립 영화의 한 장면도 아니고. 꽤 얼떨떨했지
만 그때 자신감을 많이 얻었던 것도 같다. 그래도 그 말씀
에 큰 의미를 두지는 않았고 이내 잊어버리고 살았다, 한
30년 동안. 중학생 때의 많은 것들이 희미한 와중에 그 말
씀이 갑자기 다시 떠오른 건 내 무의식 한구석에 선생님
의 말씀이 잊히지 않고 남아 있었기 때문일 것이다. 그 말
씀은 실제로 예언이 되어, 언제부터인가 나는 말하는 사람
이 되어 있다. 어린 시절의 나를 생각해보면 정말이지 믿기
지 않는 일이다. 게다가 어린 시절 콤플렉스였던 낮은 목
소리는 이제 '신뢰감을 주는 목소리'라는 평도 듣는다. 그
때 선생님이 중학교 2학년 학생의 말하기에서 보신 것은

과연 무엇이었을까? 새삼 궁금하다. 부산 동백중학교 2학
년 8반 담임이셨던 김순득 선생님, 많이 늦었지만 고맙습
니다.

배역과
진짜

중학교 2학년 때 반장이 되었던 사건은 내 성격을 많이 바꾸어놓았다. 아니, 실제로 성격이 바뀌었다기보다는 바뀐 척하며 지냈던 것 같다. 이후로 고등학교 3학년 때까지 내리 반장을 하게 되었는데, 점점 학교에서의 캐릭터와 나의 실제 캐릭터가 유리되는 느낌이 들었다. 학교에서는 점점 더 활발하고 사교적인 사람이 되어갔지만, 혼자 병원에 간다거나 오랜만에 친척들이 놀러오거나 하면 나는 어릴 적과 조금도 다르지 않은 부끄럼쟁이로 돌아가버렸다. 친하지 않은 사람이 말이라도 걸면 심장이 뛰고 목소리가 기어들어갔다. 나도 나를 이해하기가 힘들었다. 그러나 어떤 게 진짜 나인지 나는 알고 있었다. 나는 학교에서만 '반장'이라는 배역을 맡고 있을 뿐, 학교 밖에서 다시 주눅들어버리는 나야말로 진짜 나였다.

서울에 있는 대학에 진학하면서 나의 언어생활은 새로운 전기를 맞았다. 부산 사투리가 아닌 서울말을 쓰기 시작한 것이다. TV에서 듣던 서울말을 흉내내는 건 그리 어렵지 않았다. 바이링구얼이 된 듯했다. 사투리에만 있는 단어나 억양으로 말해야 맛깔스러운 것들이 있을 때는 조금 답답했지만, 전체적으로 나는 서울말이 마음에 들었다. 더 부드럽고 세련된 느낌인데, 이상하게도 내가 느끼는 섬세한 감정의 결을 전달하기가 더 수월했다. 아무리 단어와 표현을 알고 있어도 부산 사투리로는 차마 입 밖으로 내뱉기 어려운 말들이 있다. 억양과 뉘앙스가 어떤 감정 표현을 억누르거나 간지러운 것으로 여기게끔 만드는 것 같다. 그것은 결국 그 말을 쓰는 사람과 언어 공동체의 성격 형성에도 영향을 줄 것이다. "오다 주웠다"가 괜히 나온 농담이 아니다. 외국어를 잘하는 사람들이 어느 나라 말을 쓰느냐에 따라 본인의 생각이나 성격이 달라지는 듯하다고 말하는 것과도 관련이 있을 테다. 다양한 언어를 탐색하는 것이 나의 내면을 탐색하는 데 도움이 되기도 한다.

나는 서울말을 쓸 때면 또 새로운 배역을 맡은 것 같았다. 스무 살에 이 배역을 맡고서야 비로소 나에게 더 맞는 언어를 찾았다고 느꼈는데, 같은 모국어를 쓰면서도 이런 언어 이동을 거칠 수 있다는 게 신기했다. 각 지방의 방언을 배워보는 일은 모국어의 다양한 '떼루아' 중 자신에게 더 들어맞는 것을 찾을 수 있는 기회가 되리라 생각한다. 서울말을 쓰는 배역은 내 마음의 지형과 더 잘 들어맞아, 원래 생긴 대로의 나를 오히려 더 자유롭게 만들어주었다.

책 『여자 둘이 살고 있습니다』를 함께 쓴 나의 동거인 황선우 작가와 나는 둘 다 부산 출신이라, 집에서는 서울말과 부산말을 7:3 정도의 비율로 섞어 쓴다. 정확히는 부산말이 아니라 '서울말 억양을 흉내내려고 노력하는 부산 사람의 말'인데, 희한하게 이 억양은 서울말이나 부산말보다 다정함을 더 잘 전달할 수 있다. "너 저녁 먹었어?" 또

는 "니 즈녁 뭈나?"가 아니라 "느~ 즈녁은 묵었니?"(끝을 과도하게 올림)라고 하면 상대의 위장 상태를 진심으로 걱정하는 마음과 따뜻한 배려, 친근함, 애정 등등을 듬뿍 담을 수 있으니 실로 놀라운 언어세계다. 그러다가 가끔 둘이 싸우게 되면 칼같이 서울말만 쓴다. 사투리를 쓰면 도저히 싸울 수가 없다. "니가 그랬다 아이가? 내가 틀린 말 하나? 니 뭐라 캤노? 와…… 참말로 기가 찬데이." 이렇게 되면 아마 둘 다 웃겨서 정색하고 싸우지 못할 것 같다. 이제 우리 둘은 서울에서 산 기간이 부산에서 산 기간보다 더 길어서, 원래 쓰던 '머더 텅'인 부산 사투리가 오히려 '배역'처럼 자리잡은 듯하다.

옛날에는 학교 안의 활달한 나와 학교 밖의 주눅든 나 중에서 나만은 진짜 나를 알고 있다고 여겼지만, 이제는 정말로 잘 모르겠다. 어디까지가 배역이고 어디부터가 나인지. 항상 '인생은 레벨 업이 아니라 스펙트럼을 넓히는 것이다'라고 믿는데, 옛날의 나보다 지금의 내가 더 레벨 업한 버전이라고는 생각하지 않지만, 옛날의 나로부터 지금의 나까지를 모두 다 품은 내가 더 스펙트럼이 넓어졌다

고는 할 수 있겠다. 그리고 더 넓어진 나야말로 더 나아진
나일지도 모른다.

잠깐 멈춤의
기술

2000년에 대기업 계열사인 광고회사에 입사했다. 회사에서 받은 내 인생 첫 명함에는 '카피라이터'라고 적혀 있었다. 그 말이 참 멋있게 느껴졌다. '나는 평생 카피라이터 해야지. 머리가 하얗게 세어서도 카피라이터 김하나라고 나를 소개할 수 있으면 좋겠다'라고 생각했다. 그러나 직장생활이란 막연히 상상하던 것과는 달랐다. 내가 일을 그다지 잘하는 것 같지도 않았고 함께 일하는 사람들한테서 받는 스트레스도 심했다. 많은 사람들과 거리낌없이 어울리지 못하는 나였기에 더더욱 대기업 문화에 적응하기 힘들었는지도 모른다. 게다가 당시 몇 가지 일을 겪으며 광고라는 것의 윤리적 문제에 대해 심각하게 고민하고 있었다. 아무래도 평생을 바칠 만큼 좋은 일은 아닌 것 같았다.

일한 지 3년 가까이 되었을 무렵의 어느 날이었다. 곧 그만두겠다는 결심을 굳혔을 때였다. 광고를 만들면 성우와 자주 일을 하게 되는데 그날은 '특A급'으로 분류되는 중년여성 성우를 처음 만난 날이었다. 따뜻하면서도 지적이고 신뢰감을 주는 멋진 목소리의 소유자였다. 명함을 건네며 "안녕하세요, 카피라이터 김하납니다" 했더니 그분이 나를 빤히 보더니 대뜸 이런 말을 했다. "목소리가 참 좋으시네. 성우를 한번 해봐요. 카피라이터도 좋은 직업이지만, 성우도 정말 좋은 직업이에요."

일단 칭찬이니 기분이 좋았고, 유명한 성우시니 만나는 사람도 무척 많을 텐데 아무에게나 이런 말을 건네지는 않으리라 싶어서 한동안 마음에 남았다. 그것도 이미 번듯하게 들리는 직업이 있는 사람에게 해준 말이니 말이다. 그러잖아도 그 무렵 나는 성우라는 직업이 꽤 매력적이라고 느끼던 중이었다. 같은 카피라도 누가 읽느냐에 따라 그 힘은 천차만별이었다. 어떤 목소리는 마치 잘 부푼 커피 원두에 천천히 물을 부었을 때 다양하고 매력적인 향기가 뿜어나오듯 문장에 담긴 감성을 풍부하게 끌어올려 표현해주었다. 어떤 목소리는 단 한 문장만 읽어도 냉철하고 정연한 지성을 느끼게 했다. 참으로 놀라운 일이었다. 하지만 성우라는 직업에 매력을 느낀다고 해서 '나도 한번 도전해볼까' 하고 생각해본 적은 없었다. 성우는 태생적으로 남들과 다른 사람들일 거라고 여겼으니까. 그런데 그분의 말씀이 자꾸만 맴돌았다. 어쩌면 내게도 계발되지 않은 목소리의 자질이 있을지도 모른다는 생각이 들었다.

회사를 그만둔 뒤 나는 '해보기나 하자'는 마음으로 정말 성우 수업을 들었다. 방송사 아카데미에 성우반이 있었다. 발성의 원리를 익히고 발성 연습, 낭독, 연기, 더빙 연습 등을 했다. 몇 달 과정의 수업이 끝나고 나서는 수강생들 몇몇을 따라 성우 공채를 준비하는 스터디 그룹에 합류했다. 극단 단원들처럼 소극장 같은 곳에서 아침 일찍 모여 신체 단련으로 시작을 했다. 신체 단련을 하고 나면 발성 연습을 정석대로 했다. "가! 갸! 거! 겨! 고! 교! 구! 규!

나! 냐! 너! 녀!……" 등의 루틴을 여럿이서 단전에 힘을 주고 쩌렁쩌렁 울리도록 연습하는 것이다. 애니메이션이나 영화의 대본을 가지고 연기하는 걸 녹음해서 들어보고 합평을 하기도 했다. 나는 특히 내레이션 연습을 좋아했다. 내 목소리가 내레이션에 어울린다는 얘기를 자주 들었고 나 스스로도 내레이션에 매력을 느꼈다. 나는 항상 감정을 잘 표현하는 예쁜 목소리보다 건조하고 지적인 목소리에 끌렸다.

그러면서 성우 공부의 재미에 흠뻑 빠져버렸다. 나도 그럴 줄 몰랐다. 배우고 훈련하면 할수록 재미가 있었다. 1년 정도를 꽤 몰입해서 했다. 학창시절에 공부에도 그렇게 매진한 적이 없었다. 심지어 고3 때도 그랬다. 시험을 잘 봐야 하니까 어쩔 수 없이 바짝 벼락치기를 하는 식이었지, 평소에는 공부에 별로 에너지를 쏟지 않았다. 그런데 성우 공부는 달랐다. 늘 좀더 잘하고 싶고, 몸을 단련하고 기술을 연마해 더 나은 단계로 끌어올리고 싶다는 열망을 느꼈다. 살면서 그렇게까지 열심히 뭔가를 이루려고 노력해본 적이 없었다. 여기서 '이룬다'는 말은 '공채 성우가 된다'는 종류를 뜻하지 않았다. 비유를 하자면 전장에 나가기 위해서가 아니라 오로지 과녁을 정확히 맞히려고 매일 활쏘기를 하는 사람의 마음과도 비슷했다. 내친김에 방송사 공채 시험도 보았지만 보기 좋게 떨어졌다. 그래도 나 스스로에게 부끄럽지 않게 열심히 했고 내가 발전하는 것을 느꼈기 때문에 성우 공부에 매진한 기간을 두고 후회는 하지 않았다.

성우 공부를 하면서 배운 것들 가운데 가장 인상적이었던 것은 '포즈pause' 즉 '잠깐 멈춤'의 중요성이었다. 말의 매력과 집중도를 높이는 것은 이 '잠깐 멈춤'을 어떻게 사용하느냐에 달려 있었다. 이것은 너무도 중요한 기술이라 이 책을 읽는 여러분도 그에 대해 생각을 해보셨으면 좋겠다. 말을 매력적으로, 힘있게 하는 사람들이 어디서 말을 끊고 다시 이어가는지를 관찰해보면 많은 것을 배울 수 있다. 특히 법정 드라마의 변론 등을 유심히 들어보면 이해가 빠를 것이다. 최근에 나는 봉준호 감독이 아카데미 시상식에서 수상 소감을 말할 때 샤론 최의 통역과 함께 두 언어의 호흡을 어떻게 끊고 이어가는지를 관찰하며 또 많이 배웠다. 이 기술을 잘 사용하려면 기본적으로 문장 구조를 잘 이해해야 하고 본능적인 타이밍 감각도 필요하다. 그렇지만 분명 의식적인 노력을 통해 나아질 수 있는 기술이다.

돈이 다 떨어진 나는 마침 운좋게도 내게 오라고 손짓해준 두번째 광고회사에 들어갔다. 그곳은 첫번째 회사의 4분의 1 정도 규모였고 단체활동이 적었으며 팀 단위의 게릴라 조직처럼 움직여서 나 같은 성격의 사람이 일하기에 훨씬 나았다. 그리고 광고의 윤리 문제에 대해서도 회사를 떠나 있던 기간 동안 질문하고 숙고한 끝에 나름의 답과 신념을 갖게 되었다. 두번째 회사에서 나는 회의를 할 때나 발표를 할 때 목소리에 집중시키는 힘이 있다거나 말을 잘한다는 얘기를 곧잘 들었다. 이 회사에서 나는 제법 일 잘하는 카피라이터가 되었고, 이후로 오래 프리랜서 카피라이터로 살아갈 발판을 마련했다.

세월이 흘러 지금 내겐 명함이 없다. 다양한 일을 하고 있어 명함에 뭐라고 적어야 할지 모르겠어서다. 대충 '읽고 쓰고 듣고 말하는 사람'이라고 소개하곤 한다. 내가 하고 있는 여러 일들 중에 큰 부분을 차지하는 것은 '팟캐스터'로서의 일이다. 2000년에 내가 처음 '카피라이터'로서 명함을 받았을 때, 세상에 팟캐스트라는 것은 존재하지도 않았다. 머리가 하얗게 될 때까지 카피라이터로 일하고 싶었던 당시의 나는 앞으로 세상이 어떻게 변해갈지 전혀 짐작하지 못했을 것이다. 나의 직업 인생은 꽤 흥미롭게 흘러가고 있다. 뜬금없이 성우 공부를 했던 1년은 내 직업 인생에서 '잠깐 멈춤'이었을지도 모르겠다. 남들이 보기엔 곁길로 샌 것 같았겠지만 내겐 무척 중요한 1년이었다. 처음 만난 내게 대뜸 성우가 되어보라고 권했던 옛날의 그분께 문득 고마운 마음이 든다. 그분이 툭 건넨 말 한마디가 씨앗이 되어 내 안으로 들어오는 바람에 나는 이제 말하기 책을 쓰는 사람까지 되었으니까. 말의 힘이 이토록 크다.

말하기
선생님들

나는 살면서 학교에서 가르쳐줬으면 싶은 기본적인 것들에 대해 곧잘 생각한다. 보통 머리가 아닌 몸으로 배우면 좋을 것들이다. 이를테면 걷기. 신체장애가 없다면 대부분의 사람들이 필수적으로 해야 하는 행위인데 이에 대한 교육은 하지 않는다. 내가 어렸을 때는 '좌측통행'(게다가 나중엔 '우측통행'으로 바뀌기까지 했다) 말고는 걷기 교육을 받은 기억이 없다. 걷기란 가장 기본적이고도 중요한 행위이고 거기엔 여러 기술이 필요하다. 오래 걸을 때 무리가 가지 않게 관절과 근육을 쓰는 법, 산길이나 빗길을 걷기, 비 그친 날 긴 우산 들고 걷는 법, 누군가와 함께 걸을 때 속도 조절하기, 더 어린 아이 손잡고 걷기, 붐비는 곳에서 걸을 때의 예절과 부딪쳤을 때의 사과법 등등.

자전거 타기도 가르쳐줬으면 좋겠다. 자전거야말로 인간이 만든 가장 멋진 탈것이 아닐까 싶다. 자전거 타는 법, 자전거 도로와 자전거 우선 차로 이용법, 오르막과 내리막길 가는 요령, 브레이크 잡는 법과 기어 변경법, 자전거 세우기 예절, 오래 탈 때의 주의점 등등을 시민들에게 어릴 적부터 가르친다면 평생 쓸 수 있는 친환경적이고 건강한 기술을 갖게 되지 않을까?

그리고 꼭 교과과정에 있었으면 하는 것이 있다. 바로 말하기다. 앞서 내가 말하기 수업에 몰입했던 경험을 이야기했는데, 그때 매일매일 이런 생각을 했다. 어째서 20대 후반인 지금까지 말하기 교육을 단 한 번도 받지 않았던 거지? 이렇게나 중요한 것을. 연습하면 이렇게나 나아지는 것을. 걷기나 자전거 교육이 필요하다고 느끼는 이유는 아무 생각 없이 걷고 자전거를 타는 사람들을 많이 마주치기 때문인데, 마찬가지로 말하기에 대해 아무 생각이 없는 사람들도 수없이 많다. 그저 말재주가 없어서, 또는 성격이 소심해서 말을 웅얼거리고 제대로 구사하지 못하는 것을 가리키는 게 아니다. 안 좋은 말하기 습관을 많이 갖고 있거나 말하기의 중요성을 전혀 인지하지 못하는 사람들에 대한 얘기다. 말하기 교육을 받기 전까지 나라고 달랐을 것 같지 않다.

식습관이나 식사 예절에 대해서는 자라면서 여러 말을 반복적으로 듣는다. '먹을 때 쩝쩝거리지 마라' '입안에 음식물이 든 채로 말하지 마라' '어른이 숟가락을 들 때까지 기다려라' '포크와 나이프는 바깥쪽 것부터 써라' 등등. 하지만 말하는 법에 대해 들은 말들은 잘 떠오르지 않을 것이다. 우리는 정말로 말을 별생각 없이 한다. 인간 종에게 큰 선물이기도 한, 가장 구체적이고 효율적으로 발달한 커뮤니케이션 도구인 말을 사용하는 문제에 대해 우리는 좀더 배우고 생각해야 할 것 같다. 말하기에는 발성, 속도, 억양, 크기, 높낮이, 호흡, 포즈, 어휘, 어법, 습관, 태도, 제스처 등등 수많은 요소가 복합적으로 쓰인다. 거울을 보면서 더 나은 표정을 지어보거나 매일 스킨 로션을 바르고

뽀루지가 나면 연고를 바르듯이, 말하기도 어떻게 하면 더 효율적이고 아름다워질지 고민해보거나 안 좋은 습관을 고치려고 신경을 쓰면 좋지 않을까?

다행히 말하기에 신경쓰기는 생각보다 어렵지 않다. 대다수 사람들이 말을 하므로, 우리는 일상 속에서 다양한 사례를 접하며 수많은 선생님과 반면교사를 만날 수 있다. 어떤 사람은 발성이 좋고, 어떤 사람은 상대를 편안하게 해준다. 어떤 사람은 너무 말이 빠르고, 어떤 사람은 자꾸 말끝을 흐린다. 이 책을 읽는 분들이라면 앞으로 방송에서든 일상에서든, 사람들의 말하기를 들으며 어떤 말소리가 좋게 들리는지, 어떤 말소리가 거슬리는지 한번 관찰해보면 좋을 것이다. 매일 거울을 들여다보는 것처럼, 그렇게만 해도 우리의 말하기는 매일 나아진다. 더 직접적인 거울을 사용하면 말하기는 비약적으로 좋아지는데, 그것은 자기 말소리를 녹음해서 들어보는 일이다. 이에 대해서는 나중에 다시 이야기하겠다.

우리 대부분이 별생각 없이 말하기 때문에 일상에서 말을 근사하게 하는 사람을 마주치면 깊은 인상을 받게 마련이다. 언젠가 서울 계동의 큰 건물에 주차를 하고 근처의 전시를 보러 갔다. 전시를 보고 산책을 하는 동안 좋은 날씨를 즐기러 나온 사람들이 너무 많은 탓에 나와 동행은 꽤 시달렸다. 다시 차를 타고 주차장에서 나오는데, 조그만 부스 안에서 내가 내민 주차권을 받아든 분은 머리를 단정히 빗고 셔츠를 정갈하게 입은 중년남성이었다. 중후하고 부드러운 목소리로 그분은 이렇게 말했다. "정말 죄송하지만, 지금 기기에 이상이 있어서 카드 사용이 안 됩니다. 혹시 현금을 갖고 계십니까?" 내 지갑을 뒤졌는데 현금이 없었다. "아이코, 현금이 없는데요……" "번거로우시겠지만 현금지급기를 사용하시려면, 건물을 끼고 오른쪽으로……" 이때 동행이 가방 안에서 현금을 발견했다. "아, 여기 있어요. 현금!" "네, 대단히 고맙습니다. 카드 기기는 빨리 고치도록 하겠습니다. 좋은 하루 되십시오." 짧은 대화였지만 좋은 발성, 적절한 속도, 배려, 우아함이 어우러진 그분의 멋진 말하기에 나와 동행은 깊은 인상을 받았다. 주차장 부스에서 그렇게 말하는 분을 만나리라고 기대하지 않았기 때문에 더욱 그랬는지도 모르겠다. 그날 우리는 계동의 북적이는 인파 속에서 잠깐 오아시스를 만난 기분이었다.

기억하자. 누구든 말하기의 교사로 삼을 수 있다.

화분에서
숲으로

성인이 되어서도 나는 몇몇 친구만을 깊게 사귀는 타입이었다. 친한 사람 앞에서는 너스레도 잘 떠는 편이었지만 다른 사람들에게는 좀처럼 마음을 내어주지 않았다. 인간관계를 좁게 맺는 건 회사생활을 할 때도 마찬가지였다. 회의실에서 처음 만난 사람이 입을 열어 몇 마디만 해도 이미 내 마음속에선 '너는 아웃이다' '당신은 절대 내 타입이 아니군요' 하는 재단이 내려졌다. 지금 생각하면 참 우스운 게, 그 시절 내가 사람에 대해 무슨 경험이 있어서 그리 오만했을까 싶다.

연애를 시작했다 하면 사라지는 친구가 꼭 하나씩은 있지 않던가? 그게 바로 나다. 원래도 좁은 인간관계가 연애를 하면 더 좁아져서 한 사람에게 집중하느라 다른 관계를 잘 챙기지 못하곤 했다. 바로 그 한 사람과 모든 것을 하려고 들었다. 그런 관계는 그 사람과 나 둘만 심어진 화분과도 같이 허약했다. 연애가 깨지면 화분이 깨진 듯 쿡 쓰러져 한동안 제대로 일어서지 못했다.

친구를 사귀면 오래, 깊이 사귀었고 그 사람들만 만나려 들었다. 그런데 그런 친구 관계에도 맹점이 있다. 어느 순간 똑같은 얘기만 하게 된다는 점이다. "너도 이거 좋아할 줄 알았어" "이건 정말 우리 스타일이 아니지" 하는 식으로, 우리만의 비슷한 취향을 갖고 비슷한 경험만 계속하다보면 친구들과의 관계도 화분 속에 있는 것과 비슷하게 되어간다. 물론 그게 나쁜 것만은 아니지만.

십수 년쯤 전의 일이다. 연애가 깨지고, 오랜 친구를 붙들고 내내 하소연하는 것도 너무 길어져 미안해진 나는 내 인생에서 가장 이례적인 결정을 내렸다. '낯선 사람들을 많이 만나보자!'고 말이다. 인터넷을 통해 작은 모임을 만들고 스스로 모임장이 되었다. 이전의 나로서는 상상도 못할 일이었지만 그때는 지푸라기라도 잡는 심정으로 뭐라도 해야 했다. 그만큼 마음을 많이 다친 때였다. 새로운 사람에게 내가 먼저 다가가 말을 걸었다. 나 스스로가 낯선 사람 대하는 일이 어려웠던 만큼 처음 모임에 나온 사람을 보면 그 사람이 낯선 사람들 틈에서 위축되지 않도록 신경을 많이 썼다. 그 사람의 말에 호기심을 갖고 그 사람의 관심사에 나도 관심을 기울였다. 다행히 모임은 점점 더 잘 굴러가서 좋은 사람들을 많이 만났다. 신기하게 그 모임에는 수줍음 많고 점잖지만 의외의 유머 감각을 장착한 사람들이 많아 매번 만남이 즐거웠고 불편한 상황도 별로 생기지 않았다.

몇 년간 온오프라인 인원이 60~70명쯤 되는 모임의 회장으로 지내면서 나는 어떤 회원이 뭘 해보자고 제안하면 다 따라다녔다. 프리랜서 카피라이터라 시간도 많았다. 뭐든 해보는 게 안 하는 것보다 나았다. 예전의 나는 해보기도 전에 '이건 내가 좋아하는 게 아니야'라고 재단해버리곤 했는데, 그게 아니었다. 어떤 것이든 경험을 해보면 그

세계 속에는 나름의 재미와 지식과 감동이 있다는 걸 얕게나마 느껴볼 수 있었다.

언젠가는 한 회원의 주도로 울산까지 가서 월드뮤직 페스티벌을 보고 당일로 돌아온 적도 있다. 평소의 나라면 공연을 보겠다고 그렇게 무리해서 울산까지 다녀올 일은 없을 터였다. 그곳에서 아르헨티나 출신 밴드인 바호폰도탱고클럽의 공연을 보았다. 공연은 무척이나 훌륭했고 마지막엔 연주자들이 "무대 위로 올라오세요! 같이 춤춰요!"라고 외쳤다. 내가 맨 먼저 뛰어올라갔다. 사람들 여럿이 따라 올라왔다. 흥에 겨워 모두들 춤추는데 내 눈앞에 구스타보 산타올라야가 나타났다. 바호폰도탱고클럽을 이끄는 사람이자 〈모터사이클 다이어리〉의 음악감독인 그를 나는 전부터 좋아하고 있었다. 너무 반가운 마음에 폴짝 뛰어올라 그를 껴안았다. 그는 열정적인 공연으로 땀에 흠뻑 젖어 있었다. 그를 껴안고 있는 내 위로 여러 관객들이 미식축구하듯 뛰어올라 서로가 서로를 껴안았다. 그 축축하면서도 따뜻한 느낌이 지금도 생생하다.

그 시절 우리는 이 장면처럼 살았다. 서로가 서로를 껴

안으며. 축축하면서도 따뜻한 곳에서 발효가 일어나듯이 내게도 그런 화학작용이 오랜 기간에 걸쳐 일어났다. 몇 년 간 마치 성격 개조 학교를 다니듯 집중적으로 마음 열기 수업을 쌓은 셈이었다.

독립영화를 좋아하는 사람을 따라 시네마테크를 돌아 다녔다. 현대미술에 조예가 깊은 사람이 전시를 보러 가자 고 하면 꼬박꼬박 함께 다니며 설명을 들었다. 누가 대하 를 좋아한다고 하면 남당리 포구로 대하구이를 먹으러 떠 났다. 내내 술자리가 이어졌음은 물론이다. 자주 내 집에

서 모였는데, 몇몇 친구만 만나던 이전의 나를 생각하면 혁명적인 변화였다. 낯선 사람에게 마음을 열듯이 나는 내 집을 열어젖혀 작은 광장처럼 사용했다. 많은 사람과 많은 얘기를 나누고 많은 경험을 했던 3년의 시간이 나에게 점 진적인 변화를 가져왔다.

가장 큰 변화는 내가 잘 알지 못하는 사람을 미리 재 단하지 않게 된 것이었다. 내가 경험할 생각을 안 해봤던 분야에도 나름의 멋진 우주가 있음을 알게 된 나는, 사람 에게도 마찬가지로 저마다 미덕과 흥미롭고 반짝이는 부 분들이 있음을 깨달았다. 회사에 다니던 시절 회의실에서 '너는 아웃이다'를 속으로 읊조리던 내가 얼마나 오만하고 옹졸했는지를 진심으로 깨달았다. 새로운 사람을 만나면 '이 사람의 세계는 어떤 걸까' 하는 호기심을 갖게 되었고, 그 사람이 나와 다르면 다를수록 '저럴 수도 있구나' 하며 경계가 부서지고 내 세계가 넓어지는 느낌이 들었다. 무엇 보다도, 더이상 낯선 사람을 불편해하지 않게 되었다. 그건 굉장한 변화였다. 내 곁에는 내가 편안함을 느끼고 내게 우 호적인, 제각각 다르게 좋은 사람들이 가득 들어차 있었

다. 나는 더이상 화분 속에 있지 않았다. 울창한 숲속에 있었다. 내가 쓰러져도, 옆에 있는 다른 나무들이 나를 지탱해줄 것이었다. 마음이 많이 건강해진 느낌이 들었다.

그 무렵 혼자 남미로 여행을 떠났다. 떠나기 전 수첩에 호기롭게 이렇게 썼다.

'먼저 말을 거는 사람이 되자!'

여행에서 만날 낯선 사람과 새로운 경험에 열린 적극적인 마음을 가져야겠다고 다짐했다. 그 옛날 중학교 안에서는 활발하지만 학교를 나서면 다시 쭈그러들었던 나처럼, 지금 나의 태도가 이 좋은 사람들의 모임 안에서만 유지될지 아니면 전혀 다른 상황, 심지어 다른 나라 사람들 사이에서도 유지될 수 있을지 궁금했다.

첫 기착지였던 홍콩에서 여섯 시간을 머물러야 했다. 공항 안에서만 머물기엔 어중간한 시간이라 관광안내소에 조언을 구한 뒤 침사추이로 가는 버스를 탔다. 2층 버스의 위층엔 사람이 아무도 없었다. 제일 앞자리에 앉아서 가는데 중간의 정류장에서 인도인처럼 보이는 한 남자가 타더니 내 옆에 앉았다. 다른 자리도 텅텅 비어 있는데 하필 왜 내 옆자리에⋯⋯? 처음엔 좀 의아하고 무섭기도 했다. 하지만 내가 먼저 말을 걸었다. 얘기를 나눠보니 그 사람은 인도에서 홍콩을 자주 오가는 비즈니스맨이었다. 그는 2층 버스의 맨 앞자리야말로 홍콩 관광의 백미라고 했다. 과연 거기 앉아서 보니 한자와 영어가 뒤섞인 홍콩의 이국적인 네온사인이 눈높이에서 양쪽으로 흘러가는 모습이 장관이었다. 그가 굳이 내 옆자리에 앉은 이유였다. 그는 내게 침사추이에서 자기가 좋아하는 곳들을 알려주었다. 그리고 자신이 내릴 정류장보다 한 정류장 더 가서 나와 함께 내려 다시 한번 친절하게 곳곳의 위치를 알려준 뒤 뒤돌아 자신의 숙소를 향해 걸어갔다.

여행의 시작에서 있었던 이 경험은 나에게 열린 마음의 중요성을 멋지게 일깨워주었다. 내가 말을 걸지 않았다면 나는 이 친절한 아저씨를 불편하고 찜찜하게만 생각하고 말았을 것이다.

이것은 중요한 경험이었다. 그리고 여행 내내 반복된 경험이었다. 내가 먼저 상대에게 마음을 열고 매너를 갖추어 말을 걸면 상대 또한 잠시나마 자신의 세계를 내게 보

여주었다. 나는 그로부터 반년 동안 아르헨티나, 칠레, 페루, 볼리비아, 브라질, 모로코, 스페인을 거쳤다. 인도인 비즈니스맨 아저씨를 필두로 수없이 많은 사람에게 말을 걸었다. 이때 언어가 통하느냐 아니냐는 부차적인 문제다. 중요한 것은 상대에게 마음을 열려는 태도다. 미리 재단하려는 마음 없이. 여기서 세계를 파악하는 두 태도의 차이를 읽을 수 있다. 즉 세계를 화분들의 집합으로 파악하느냐, 아니면 하나의 거대한 숲으로 이해하느냐. 좁은 화분을 벗어나 울창한 숲속으로 나아가려면 우선 내 마음이라는 화분부터 깨버려야 할 것이다. 먼저 말을 거는 사람이 된다는 건 내게 그런 의미였다.

말에서
힘 빼기

화분에서 숲으로 나아간 이 경험은 나의 내면을 많이
바꾸어놓았다. 모임을 만들어 운영하고 남미 여행을 다녀
오고 다시 프리랜서 카피라이터 생활을 하며 보낸 30대
중후반의 6~7년 정도 기간 동안 서서히 일어난 체질 개
선이었다. 각 잡힌 틀을 좋아하고, 선호하는 비슷비슷한
것들을 반복하며 안온함을 느끼던 나는 새로운 경험과 새
로운 아이디어에 유연하게 마음을 여는 사람으로 변해 있
었다. 이런 근본적인 변화는 일의 영역에서 놀라울 정도로
빛을 발했다. 프리랜서 카피라이터로 늘상 새로운 아이디

어를 떠올려야 하는 일을 10년 넘게 해오던 나는 매너리즘
에 빠지지 않고 오히려 점점 더 발상에 재미를 느꼈고, 주
어진 일의 틀 자체마저 유연하게 비틀어서 전에 없던 아이
디어를 내놓는 일을 즐기게 되었다. 게다가 비관적이고 편
협했던 나의 역사관과 미래관에도 영향을 미쳐 세상에 대
한 이해의 폭이 넓어졌고 전반적으로 사는 게 더 재미있어
졌다.

　맛있는 귤을 까먹다보면 옆사람에게 나눠주고 싶어지
듯이, 나는 내 변화와 그로부터 이어진 일의 재미와 능률
에 대해 동료와 후배들에게 말하고 싶어 입이 근질거렸다.
몇 번인가 이야기를 해보려 시도하기도 했지만 번번이 실
패했는데, 그동안 이야깃거리가 너무 많아져서 지나치게
길어지곤 했기 때문이다. 그래서 그 시도는 "내가 이걸로
책 한 권 쓸게. 그 책 앞에 네 이름 딱 적어서 주마"라고 호
언장담하는 것으로 마무리되곤 했다.

　그래서 내 인생의 첫 책 『당신과 나의 아이디어』*를 썼
다. 책을 내고 싶어서 쓸거리를 찾은 게 아니라, 세상에 할
말이 생겨서 책을 썼다. 책을 한 권 내놓았다뿐, 내가 '작

가로 불리는 날이 오리라고는 생각지 못했다. 세월이 흘러 지금 쓰고 있는 이 책은 나의 여섯번째 책이니 인생은 모를 일이다.

요즘은 책을 내는 일이 곧잘 말하기로 이어진다. 북토크, 인터뷰나 강연 등등 저자의 생각을 글뿐 아니라 말로도 들을 기회가 많다. 첫 책을 낸 후 나에게도 조금씩 그런 기회들이 찾아왔다. 처음에는 긴장 탓에 하려던 말을 새하얗게 잊기도 하고 목소리가 떨리거나 얼굴이 빨개지기도 했다. 하지만 여러 번 경험을 쌓으니 조금씩 노하우가 늘었다. 가장 큰 깨달음은 '말하기'는 너무 빽빽해선 안 된다는 사실이었다. 글이야 읽는 사람이 충분히 시간을 들여서 이해가 안 가는 부분은 몇 번씩 다시 읽기도 하고, 내려놓고 조금 쉬다가 다시 읽을 수도 있지만, 말하기는 그렇게 해서는 안 되었다. 책을 한두 권 냈을 무렵에는 광고회사에서 프레젠테이션하듯이 빽빽하게 이야깃거리를 준비했는데, 열심히 말하다보면 듣는 사람들의 집중력이 흐트러지는 게 눈에 보였다. 여러 명이 꾸벅꾸벅 졸기 시작하면 초보 강연자로선 당황해서 진땀을 흘리기 일쑤였다. 그런데 세번째 책 『힘 빼기의 기술』 북토크를 하면서 그제야 깨달았다. 아! 말하기에서도 힘을 빼야 하는구나! 듣는 사람이 지루하지 않도록 완급 조절을 하는 게 중요했고 예전의 빽빽함에 비해 전달하고자 하는 내용을 과감하게 덜어낼수록 강연은 더 좋아졌다.

처음 팟캐스트에 출연하게 된 것은 '힘 빼기의 기술'이라는 제목 덕분이었다. 제현주, 금정연 작가가 진행하는 팟캐스트 〈일상기술연구소〉에 '힘 빼기 기술자' 자격으로 출연했으니까. 또 〈세상을 바꾸는 시간 15분(약칭 세바시)〉에서 '힘들 때 힘을 빼면 힘이 생긴다'라는 주제로 강연을 했는데 놀랍게도 이 강연은 2020학년도부터 중학교 교과서 말하기 파트에 수록되었다.** 얼떨떨하고 고마운 일이다. 이곳저곳에 말하는 게 노출되자 점점 더 말할 기회가 늘어났다.

한번은 MBC 〈테이의 꿈꾸는 라디오〉에 생방송으로 출연하게 되었는데, 그전에도 라디오 생방송에 출연한 적은 있었지만 밤의 음악 방송이라니 긴장이 되었다. 그런데 출연을 앞두고 그만 목감기에 걸리고 말았다. 이비인후과를 찾아가 "내일 방송에 나가야 하는데 어떡하죠?"라고 했더니 의사 선생님이 약을 세게 지어주신 모양이다. 하루 세 번 먹으라는 약을 다 챙겨 먹고 저녁에 방송국에 갔더니 너무 졸리고 머리가 멍하고 온몸에 힘이 주욱 다 빠졌다. 일반인에 비해 무척이나 커다란 테이씨의 눈을 마주보면서도 이게 생방송인지 뭔지 실감이 안 나서 나오는 대로 술술 말했다. 그랬더니 청취자 게시판에 '이렇게 자기 집처럼 편안하게 생방송하는 작가는 처음 봤다'는 의견이 속출했다. 의도치 않게 배짱 좋은 사람이 된 셈이었는데, 이때 '편안하고 재미있는 방송이 나오려면 말하는 사람이 힘을 빼야 하는구나' 하고 다시 한번 깨달았다.

내가 진행하는 에스24의 도서 팟캐스트 〈책읽아웃: 김하나의 측면돌파〉의 첫 출연자는 〈씨네21〉의 이다혜 기자님이었다. 그런데 나는 아직도 그 편을 다시 듣지 못하겠다. 처음으로 진행을 맡아 잔뜩 긴장한데다 내뱉는 모든 단어에 의미 부여를 하며 너무 잘하려고 어깨에 힘을 꽉 주고 녹음했기 때문이다. 잔뜩 들어가 있던 긴장이 풀어지기 시작했던 때를 기억하는데, 네번째 게스트 『일단 오늘은 나한테 잘합시다』의 도대체 작가님 편이었다. 도대체 작가님의 북토크를 이미 두 번 진행한 적이 있었고, 게다가 한 번은 네이버 생방송이었기 때문에 세번째로 〈책읽아웃〉 스튜디오에서 만났을 땐 별로 긴장되지 않았다. 그리고 도대체 작가님은 상대를 무척 편안하게 해주는 분이어서 농담도 많이 하고, 이게 꼭 멋지고 밀도 높은 대화여야 한다는 강박을 버렸다. 그러자 오히려 더욱 유익하고 유쾌한 대화가 탄생했다.

스튜디오에서 하는 팟캐스트 녹음이 좀 편안해질 무렵에는 또하나 넘을 산인 공개방송이 시작됐다. 많이 나아지긴 했지만 나는 아직도 공개방송 쪽보다. 내 맘대로 끌고 갈 수 있는 게 아니라 대본이 많이 정해져 있고 시간도 지켜야 하며 무엇보다도 공개방송을 하면 수많은 사람들 앞에서 부적절한 말을 할까봐 겁이 난다. 내 최초의 공개방송이었던 요조, 장강명님 진행의 팟캐스트 〈책 이게 뭐라고〉 출연에 대해 요조님이 쓰신 칼럼에 나의 적나라한 모습이 담겨 있다.

김하나 작가님의 책 『힘 빼기의 기술』은 나도 무척 재미있게 읽었던 에세이였다. 운동, 음식, 예술…… 모든 장르의 마스터들이 한결같이 입을 모아 비결로 내놓는 말이 '힘을 빼라'이듯이 이 책 역시 삶 자체에 힘을 주지 말고 살아보자고 제안한다. 나는 당연히 이날 방송에도 김하나 작가님은 힘을 빼고 편안하고 여유 있게 임하시겠구나 짐작했다. 그런데 방송 시작 전에 만난 자리에서 나는 너무 놀라고 말았는데 왜냐하면 김하나 작가님이 너무 힘을 주고 계셨기 때문이었다. 힘 빼라는 책을 쓰신 분이 이토록 힘을 주고 계시다니…… 공개방송이 처음이라는 김하나 작가님은 '뜨거운 얼음'이라는 시적 표현을 몸소 실천하면서 대기실에 꽝꽝 얼어 계셨다. 방송 중 말씀하시는 멘트들도 '힘 빼기'와는 거리가 멀었다. 얼마나 〈책읽아웃〉이 나에게 소중한지, 출연자와 청취자에 대한 애정의 힘이 아주 딱딱하게 묻어나왔던 것이다. 내가 책을 읽으며 예상했던 유유자적 여유만만과는 거리가 멀어 보이던

김하나 작가님이 이제 와서는 책보다 더 인상 깊게 남아 있다.••••

지금 다시 하면 조금은 힘 빠진 모습을 보여드릴 수 있을 것도 같다. 그간 다양한 공개방송을 하며 나도 조금은 여유를 갖게 되었으니까.

라디오에서 처음 고정 게스트를 맡은 프로그램은 MBC 라디오 〈세상을 여는 아침〉이었다. 오전 5시부터 7시 사이에 방송되는 프로그램이었는데, 평일이라면 출근 준비하면서 듣는 사람들이 많겠지만 내가 맡은 건 일요일 오전 6시 코너였고 녹음방송이었다. 대체 누가 그 시간에 라디오를 듣겠는가! 그러니 부담없이 실수도 해가며 방송국 마이크랑 좀 친해져보고, 팟캐스트와 방송은 어떻게 다른지 배워보자는 심산으로 응했다. 내 책『15도』에 실린 질문들을 하나씩 던지고 청취자의 답변을 받아 이야기하는 '하루 하나 다른 생각'이라는 코너였는데, 생각보다 아주 성실하게 공을 들이게 되었고 벅차게 감동한 순간도 많았다. 그러면서도 '사람들이 별로 안 들을 테니까'라고 여겼

064

으므로 계속 라디오와 친해지는 연습을 하고 있다는 가벼운 마음을 유지할 수 있었다. 그런데 나중에 생각지도 못한 이런저런 곳에서 그 코너를 재미있게 잘 듣고 있다는 말들을 듣고서야 어느 시간대가 되었든 방송이라는 것이 갖는 위력에 대해 실감하게 되었다. 처음부터 방송의 위력을 먼저 생각했더라면 틀림없이 크게 부담을 느꼈을 것이다. 너무 많은 생각을 하기보다는 힘 빼고 일단 시작해보는 게 때로는 도움이 된다.

●　　2020년에 개정판이 나올 예정이다.

●●　미래엔출판사 발행, 3학년 1학기 4단원 「설득의 힘」 중 '설득 전략 분석하며 듣기'. 궁금하신 분들은 유튜브에서 '세바시 김하나'로 찾아보면 나온다. 그 강연록을 다음 장에 실었다.

●●●　요조, 「가끔은 책보다 작가가 크다」, 〈중앙선데이〉 '요조의 책잡힌 삶', 2018. 10. 27

힘들 때
힘을 빼면
힘이 생긴다

야구 좋아하시는 분들 계세요? 손 한번 들어볼까요? 오, 많이 계시네요. 저도 야구 중계를 곧잘 보는 편인데요, 재작년쯤이었던 것 같아요. 야구 중계를 우연히 보고 있는데, 두산베어스 경기였어요. 그 당시에 투수는 이현승 선수였고요, 포수는 양의지 선수였어요. 두산이 위기 상황이 됐어요. 근데 그때 양의지 포수가 타임을 요청하더니, 이현승 투수한테로 다가갔어요. 보통 그럴 때 작전 얘기도 하고 이런저런 의견을 교환하고 그러잖아요. 근데 양의지 선수가 뭐라고 얘기를 했더니 이현승 선수가 글러브로 이렇게 약간 쥐어박는 모션을 하더니 피식 웃고는 서로 각자의 자리로 돌아갔어요. 그리고 경기는 진행됐죠. 그 당시에 스포츠 캐스터가 "아, 방금 양의지 포수가 뭐라고 한 걸까요?"라고 얘기했지만, 중계를 보는 우리는 알 수가 없죠. 두산은 위기 상황을 잘 넘겼어요. 이현승 투수가 공을 잘 던졌던 거겠죠. 이현승 선수는 승리 투수가 됐고요. 끝나고 나서 어떤 기자가 이현승 선수를 인터뷰하면서 물어봤어요. "아까 8회에 양의지 선수가 다가와서 뭐라고 하던가요?" 그랬더니 이현승 투수가 뭐라고 대답했느냐 하면, (화면을 가리키며) 여러분 여기 보시면 이 까만 거 있죠? 이걸 언더셔츠라고 하는데 이거를 이현승 투수가 두 겹을 입고 있었대요. 양의지 포수가 그 절체절명의 위기 순간에 다가와서 했다는 말이,

"형, 이거 두 개 껴입었어? 추워? 나이 들었네."

이랬다는 거예요. 그러니까 이현승 선수는 '이게 무슨 실없는 소리야' 싶으니까,

"야, 들어가."

이렇게 돼서 그렇게 헤어진 거죠. 양의지 포수가 하려

고 했던 말이 뭐였을까요?

"형, 긴장 풀어. 힘 빼."

이 얘기를 하고 싶었던 거죠. 보통의 사람들이면 이럴 때 투수에게 다가가서 뭐라고 할까요?

"형, 지금 너무 중요한 순간이야. 모두가 형만 쳐다보고 있어. 이번 공이 얼마나 중요한지 알지? 잘 던져야 돼. 힘내!"라고 얘기를 하죠. 그러면 어떻게 될까요? 더 긴장하게 되겠죠. 어깨에 힘이 빡 들어가고, 그러면 공을 제대로 던지기가 더 힘들어질 거예요. 양의지 포수는 그 절체절명의 위기 순간에 이현승 투수가 힘을 뺄 수 있도록 도와준 거죠. (교과서 수록 부분은 여기까지.)

저는 오늘 이 자리에 여러분께 힘을 뺄 수 있는 주문 한마디를 알려드리려고 나왔습니다. 이 얘기를 하려면 우선 저희 집안 얘기부터 해야 될 것 같은데요, 제가 중학생 때였던 것 같아요. 학교에서 가훈을 적어 오라는 숙제를 내줬어요. 집에 가서 "우리집 가훈이 뭐예요?"라고 물어봤어요. 저희 집은 참고로 부산인데, 저희 아버지가 "가훈? ……화목. 화목이라고 적어 가라"라고 하셨어요. 그래서 저는 '화목? 집안의 화목을 가장 자주 깨뜨리는 주범인 아버지가 할 말은 아닌데?'라고 생각하면서도 그렇게 적어 냈어요.

그건 대충 되는대로 적어서 냈던 가훈이었고요, 실질적인 우리집의 가훈이 무엇인지를 저는 세월이 한참 흘러서야 불현듯 깨닫게 됐습니다. 그것은 저희 가족이 너무 자주, 오랫동안 써서 저희 가족의 무의식에 깊숙이 자리잡게 된 하나의 단어였는데요, 바로 '만다꼬'라는 말이었어요. 경상도 출신인 분들은 이 말에 대해서 잘 아실 텐데요, '만다꼬'라는 말은 '뭐하러' '뭐한다고' '뭘 하려고' 등에 해당하는 말로서, 영어로 치면 'What for?' 이렇게 번역될 수 있는 말입니다. 의문사이기 때문에 항상 뒤에는 물음표가 뒤따르고요, 용례를 살펴보자면 다음과 같습니다.

"만다꼬 그래 쎄빠지게 해쌌노?"
("뭐하러 그렇게 열심히 하는 거니?")
"만다꼬 그 돈 주고 샀노?"
("뭐하러 그만한 돈을 들여 샀어?")

대답으로 쓰일 때도 있어요.

"난 꼭 그 자리에 오르고 말 거야."

"만다꼬?"

"우리 회사를 세계 1위 회사로 만듭시다!"

"만다꼬?"

살짝 핀잔주는 뉘앙스로 말하는 이 '만다꼬'라는 말을
사실 저는 어렸을 때는 그렇게 좋아하지 않았어요. 제가
아는 경상도 출신의 선배 하나는 애가 "저 장난감 사주세
요!"라고 해서 뭐라고 대답했느냐 하면,

"만다꼬? 마 흙 갖고 놀아라."

이렇게 얘기했대요. 21세기에 애한테 흙을 갖고 놀라
고 얘기를 했다는 거예요. 그 애는 이 '만다꼬'라는 말이
얼마나 싫었을까요. 확실히 심지가 굳기 전의 어린아이에
게 이 '만다꼬'라는 말은 허무주의와 무기력으로 이끄는
그런 주문이 될 위험이 있어요.

하지만 제가 세월이 흘러서 좀 자라고 난 뒤에 어른이

돼서 생각해보니까 이 '만다꼬'라는 말은 아주 중요한 질문이었어요. 사는 게 힘에 부칠 때나 또는 선택의 기로에 놓였을 때 제 안에 내재돼 있는 이 '만다꼬'라고 하는 말을 되새기면서 저는 그 질문에 대한 답을 찾을 수가 있었어요.

'만다꼬 이것을 해야 되지? 만다꼬 이렇게 살고 있지? 내가 정말로 이것을 원하나? 아니면 다른 사람들이 다 그렇게 사니까 나도 그렇게 살아야 된다고 떠밀려서 생각을 하는 건가?'

저는 '만다꼬'라는 질문을 하면서 제가 불필요하게 힘을 들이고 있던 곳에서 힘을 거두어들일 수도 있었어요. 이를테면 제가 〈세상을 바꾸는 시간 15분〉에 출연하게 됐다고 생각을 하니까 걱정이 되는 거예요.

'아, 이거 잘해야 될 텐데. 실수하면 어떡하지.'

그런 생각이 들었어요. 그러다가 문득, 스스로에게 질문을 해봤어요.

'만다꼬? 만다꼬 내가 긴장을 하지? 만다꼬 내가 〈세바시〉에 나오면 더 잘해야 된다고 생각하지? 왜냐하면 나는 평소에 잘하는데.'

저는 수많은 사람들 앞에서 한 시간씩 두 시간씩 강연을 해본 적도 있기 때문에 15분 정도의 강연은 사실 부담이 덜하잖아요. 근데 만다꼬 내가 긴장을 하는가, 라고 곰곰이 생각을 해봤더니 저것 때문이었어요. 카메라. 저 뒤에도 있네요. 카메라. 자, 이 강연이 다른 강연과 다른 점은 녹화가 되고 있다는 거죠.

'저 카메라를 통해서 수많은 사람들이 나를 보게 될 수도 있어'라고 생각하니까 긴장이 되는 거였어요. 하지만 곰곰 생각해보면 긴장할 이유가 없죠. 왜냐면 저는 오늘 여기 모인 여러분께만 제 이야기를 잘 전달해드리려고 노력을 하면 분위기가 좋을 테고, 그러면 자연스러운 모습이 카메라에 녹화가 될 테니까 저는 결국 카메라를 의식할 필요 없이 힘을 빼고 평소에 하던 대로만 하면 되는 거였어요.

이 카메라라고 하는 것이 말이죠, 평소에 잘 웃던 사람도 카메라를 정색하고 들이대면 표정이 굳죠. 결혼식 같은 데서도 "자, 신랑 신부 하객 올라오세요! 카메라, 여기 보세요. 자, 밀착하시고 45도 어깨 하시고, 웃으세요! 하나, 둘." 이러면서 찍으면 결과가 어떻게 되죠? (부자연스러

073

운 미소를 지으며) 이렇게 되잖아요. 입꼬리에 경련 일어나고. 그게 다 힘이 들어가서 그런 거거든요. 오래갈 사진에 잘 나와야 된다, 라고 생각하는 것도 있고.

그런데 우리나라 사람들은 이 카메라를 굉장히 의식하며 살아가는 경향이 있어요. 바로 '남의 눈'이라고 하는 카메라입니다. 좁은 땅덩어리에 사람이 너무 많이 살아서 그런지는 모르겠지만 남들이 나를 어떻게 생각할까, 남의 눈에 내가 어떻게 보일까, 뒤처지게 보이지는 않을까, 이런 식의 신경을 굉장히 많이 쓰고 살아가는 문화권이에요, 우리나라는.

제가 이런 얘기를 들었습니다. 어떤 회사의 사택에 사는 사람의 이야기였는데요, 회사에서 보너스가 나오면 그 사택 앞에 놓여 있는 차가 착착착 바뀐대요. 소형에서 중형으로, 중형 몰던 사람은 대형으로, 이렇게. 누가 한 사람 차를 바꾸면 그 회사를 같이 다니고 있는 직급이 비슷한 사람이 봤을 때 '음? 쟤가 지금 중형차로 바꿨어? 어, 내가 중형차를 몰 때가 됐나? 내가 같은 직급인데 저 녀석보다 뒤처지게 보이면 안 되겠다. 그럼 나도 차를 바꿔야지.'

이런 식의 연쇄 반응이 일어난다는 거죠. 그런데 그 차를 바꿔야 되겠다는 욕망이라는 게 꼭 본인 스스로만의 것은 아닌 것 같죠. 그거는 남의 눈이라는 카메라를 의식한 욕망일 수 있어요. 그럴 경우에 '만다꼬'라고 질문을 해봐야 됩니다.

'만다꼬 내가 차를 바꿔야겠다고 생각을 하지? 지금 차도 멀쩡히 잘 쓰고 있는데. 아, 차를 바꿀 게 아니라 내가 오래전부터 하고 싶었던 뭔가를 해봐야겠다.'

이렇게 생각을 할 수도 있는 거고, 내가 완전히 반하지는 않은 사람과 지금 만나보고 있을 때, 주변에 있는 사람들이 "결혼 안 해? 국수는 언제 먹여줄 거야?"라고 얘기를 해서 압박감을 느낄 때도,

'만다꼬. 저 사람들이 나 대신 결혼생활 해줄 건가.'

아니잖아요. 내가 이 사람이 너무 좋아서 자연스럽게 결혼을 해야겠다, 가 아니라 결혼을 해야 되는 때가 됐는데 옆에 이 사람이 있으니까 결혼하는 거는 아무래도 아닌 것 같아, 라고 판단을 내릴 수가 있겠죠.

애한테도 "야, 들어가서 공부해!" 공부해라 공부해라,

이렇게 잔소리를 하다가도 스스로 만다꼬, 라고 물어볼 수 있겠죠. 이게 정말 저 애를 위한 걸까? 저렇게 공부에 취미가 없는 애를 공부해라 공부해라, 압박하는 것은 혹시 내 자식이 성적이 잘 안 나오면 내가 남들 눈에 창피하기 때문에 그렇게 생각하고 있는 건 아닐까, 라고 자기 스스로 성찰을 해볼 수도 있겠죠.

저는 카피라이터 출신이기 때문에 사람들에게 스스로의 욕망이 아닌 욕망을 주입하는 기술을 갖고 있어요. 이런 차를 몰아라. 이런 코트를 입어라. 이런 집에서 살아라. 사람들이 어떤 것을 강렬하게 원하게 될 때는 그게 스스로만의 욕망이 아닐 수가 있어요. 저는 그런 기술을 갖고 있기 때문에 여러분께 이 '만다꼬'를 되새겨보기를 권합니다. 뭔가를 굉장히 갖고 싶어질 때 '만다꼬'라고 스스로에게 질문을 해보면, 정말로 내가 그것을 원하는 건지, 아니면 어떤 기술에 휘둘려서 잠시 그렇다고 착각하는 건지, 그것에 대해서 생각할 시간을 벌 수도 있죠.

(화면을 가리키며) 이 친구는 제가 같이 사는 친군데요, 마라톤을 해요. 이 친구의 말에 따르면 마라톤의 백

미는 다 힘들게 뛰고 나서 시원하게 마시는 맥주에 있다고 합니다. 사람들은 인생을 마라톤에 비유하기를 좋아하죠.

"인생 마라톤이야. 너 지금 보면 뒤처진 것 같아도 길게 보면 언젠가는 역전할 수 있으니까 쉬지 말고 뛰어야 돼."

이렇게들 얘기를 하죠. 그렇기 때문에 힘이 너무 빠져 있고 기진맥진해 있는 사람에게도 사람들은 뭐라고 응원하죠?

"힘내! 할 수 있어, 힘내!"라고만 응원하죠. 하지만 양의지 선수가 이현승 선수한테 했던 것처럼 그 사람이 잘 살게 도와주고 싶을 때는 힘을 빼도록 도와주는 게 더 나을 때도 있어요. 인생을 마라톤에 비유하는 사람들은 죽을 때까지 쉼없이 달리고 또 달리라고 얘기를 합니다. 저는 그런 분들에게 물어보고 싶어요.

"그럼, 맥주는 어디 있나요?"

저는 최선을 다해서 인생을 살라고 하는 말에 반대하지 않습니다. 저 또한 최선을 다해서 살고 있어요. 근데 그 최선은 달리고 또 달리고 쉴새없이 달리는 게 아니에요. 저의 최선은, 최선을 다해서 쫓기는 마음 없이 쉴 때도 있고요. 최선을 다해서 게으름을 부리면서 힘을 비축할 때도 있고요. 최선을 다해서 남의 것이 아닌 내 인생을 살려고 질문을 던질 때도 있고요, 물론 최선을 다해서 달릴 때도 있지만 최선을 다해서 맥주를 마실 때도 있습니다.

제가 생각하는 인생의 성공은요, 남들이 생각하는 성공이 아니라 제가 생각하는 인생의 성공이라는 것은 인생을 선물로 받아들일 수 있고, 인생에 대해서 고마움을 잃지 않을 정도의 조율을 해나가는 데 있다고 생각해요. 여러분이 정말로 원하지 않는 것에서 힘을 뺄 수 있어야 정말로 힘을 줘야 될 때 힘을 줄 수가 있습니다. 힘을 줄 때 주고, 뺄 때 빼고. 그래야 리듬이 생겨나죠. 음악에서도 강박, 강박만 있으면 리듬이 생겨나지 않죠. 강박이 있으면 약박이 있고, 음표가 있으면 쉼표가 있고. 그래야 리듬이 생겨나고 그걸로 아름다운 음악을 만들 수가 있어요.

저는 오늘 여러분께 여러분 각자의 음악을 만들어갈 때 꼭 필요한 쉼표의 주문을 말씀드리고 싶었습니다. 여러분이 힘을 빼고 싶을 때, 기억해야 될 세 글자 단어가 뭐라고요? (청중 대답 "만다꼬!")

'만다꼬'를 기억하십시오. 고맙습니다.

강연에서
떨지 않는 법

　회사에 다닐 때, 가끔 '유명 인사'가 초빙되어 특강을 했다. 일반 회사원으로서 유명 작가 등의 강연을 들을 때면 저런 사람들의 삶은 참 특별하겠구나 하고 생각했다. 세월이 흘러 내가 다녔던 회사에서 내게 강연을 의뢰해왔을 때, 그때의 기억을 떠올리며 좀 얼떨떨했다. 나는 그리 특별한 사람이 아닌데…… 얼마 전 한국은행 본사에 강연을 하러 갔는데 '한국은행 명사 초청 조찬 강연'이라고 커다랗게 쓰인 타이틀을 보자 뭔가 나의 실체보다 훨씬 거창한 휘장을 두른 듯 어색하기도 했다. 어찌됐든 나는 강연을 하는 사람이 되어 있다. 그래서 말인데, 사실 무대에서 강연을 하는 사람은 그리 특별한 사람이 아니다. 처음부터 잘하는 사람은 아무도 없다. 그리고 꼭 수백 명 앞에서 하는 것만 강연이 아니다. 회사에서의 프레젠테이션이나 회의실에서 의견을 내는 것, 교실에서 발표를 하는 것 모두 작은 규모의 강연이다. 크고 작은 강연을 잘하려면 어떻게 해야 할까?

나의 경우, 강연은 해도 해도 힘들다. 모두가 초롱초롱 나를 쳐다보고 있고 나 혼자 이야기를 끌고 나가야 한다는 건 참 긴장되는 일이다. 반대로, 초롱초롱 쳐다보지 않고 청중이 졸기 시작하면 그것도 미칠 노릇이다. 강연을 시작한 지도 여러 해 되었고 그동안 수도 없이 다양한 곳에서 강연을 했으니 이제 좀 나아질 법도 한데, 매번 기대와 다른 결과가 나온다. '이번엔 정말 재미있게 할 수 있겠다!' 싶었는데 청중이 다들 늪 같은 졸음에 빠져드는 걸 괴로이 지켜봐야 할 때도 있고, '이번엔 상당히 힘들겠는걸' 하며 각오하고 갔는데 의외로 반응이 적극적이라 하나도 힘이 안 들 때도 있다.

한번은 대학교에 특강을 하러 갔는데 내 책에는 그 나이대의 독자들이 많으니 호응이 괜찮겠다 싶어 그들에게 맞는 농담도 많이 준비했다. 대강의실이어서 크게 걱정하지 않았다. 강연에 조금 익숙해지면 작은 강연장보다는 큰 강연장이 오히려 더 편하다는 걸 알게 된다. 작은 강연장에서는 서로 눈치가 보여선지 웃음소리 같은 청중의 반응이 크게 터지지 않지만 큰 강연장에서는 웃음이 한번 터지면 쉽게 전염되어서 반응이 크게 돌아오고 분위기가 확 좋아지기 때문이다. 그런데 내가 갔던 대학교는 마침 그때가 축제 기간이어서, 전날 술을 곁들여 늦도록 놀아버린 학생들이 많아 그 큰 강의실이 거대한 숙취의 구렁텅이가 되어 있었다. 대다수가 혼곤히 전멸한 상황에서 혼자 두 시간을 떠드는데 정말 힘들었다. 윔블던을 상상하며 준비한 농담들은 혼자 벽 보고 치는 테니스처럼 맥이 빠졌다.

내가 평생 했던 강연 중에 가장 힘들었던 기억은 어느 자동차회사 직원들을 상대로 했던 것이었다. 고향에서 멀지 않은 곳이라 전날 본가에 가서 하룻밤을 잤는데 가는 길이 은근히 복잡하니 엄마가 나를 차로 태워주겠다고 했

다. 엄마 앞에서 기업 강연을 하는 건 좀 쑥스러워서 엄마에게 카페에서 기다리시라고 했다. 그런데 도착하고 보니 큰 문화회관이라는 그곳은 대대적인 리모델링 공사 중이라 좀 번잡스러웠고 엄마가 쉴 만한 적당한 카페 같은 곳도 없었다. 하는 수 없이 엄마가 객석 앞쪽에 앉았고 나는 평생 처음으로 엄마 앞에서 강연을 하게 되었다.

그날 준비한 강연은 그 회사를 위해 따로 짠 것이어서 아직 익숙하지 않은 레퍼토리였는데, 내가 선 커다란 무대 뒤편에서 리모델링 공사 드릴 소리가 엄청나게 크게 들리기 시작했다. 내가 하는 말이 내 귀에 들리지 않을 정도였는데, 그렇다보니 아직 익지 않은 강연 내용을 말하다가 자꾸만 하려던 말을 까먹었다. 갑자기 드르륵 울리곤 하는 소리에 머리가 멍해지고 '앞에 엄마가 있는데 대망신이다…… 아니에요, 엄마! 나는 평소에는 훨씬 잘한다구요!!'라는 억울함과 잡생각까지 겹쳐 나는 그날 강연을 말아먹고 말았다. 게다가 하려던 말을 다 못하고 넘어가서 예정된 강연 시간보다 일찍 끝나버렸다.

강연은 회사의 업무 시간을 대체하는 거라 내 맘대로

일찍 퇴근하게 할 수는 없었다. 담당자가 커튼 뒤에서 얼굴을 내밀고 '작가님! 어떻게든 시간을 채워주셔야 해요!'라며 당황한 표정으로 내게 속삭였다. 나는 짐짓 태연한 표정으로 "이제 질문을 받겠습니다. 질문 있으십니까?"라고 물었다. 말이 끝나기가 무섭게 작업복을 입은 중년남성이 드릴 소리보다 더 큰 목소리로 외쳤다. "없습니다!!" 강연도 별로 재미없었겠다, 빨리 퇴근하고 싶은 거였다. 질문을 하려던 사람이 있어도 감히 손을 들지 못할 분위기가 되어버렸다. 거대한 강연장에 죽음 같은 침묵이 내려앉았다. 마침 그때는 드릴 소리조차 들리지 않았다. 강연 담당자는 커튼 뒤에서 다시 울 듯한 얼굴을 내밀고 '작가님! 어떻게든 시간을 채워주세요!'라고 외쳤다. 온몸에서 땀이 뻘뻘 흐르고…… 나는 죽고 싶었다. 어머니…… 먼저 가는 딸을 용서해주세요…… 정신이 혼미했다.

그날 강연은 그 담당자가 커튼 밖으로 나와 호응을 유도하고 열심히 수습해서 어찌어찌 끝났다. 마지막은 너무 당황해서 기억이 잘 안 난다. 돌아오는 차 안에서 엄마 옆 조수석에 앉은 나는 침묵을 지키고 있었다. 너무 창피했다.

집에 돌아가니 아빠가 강연은 어땠냐고 물었고 나는 이러 저러했다고 대답했다. 아빠는 평생 강의를 해온 선생님이 었고 시민들을 상대로 한 문학 특강 같은 것도 많이 한 분 이라 나름의 노하우를 들려주었다.

"하나야, 강연도 다 기싸움이다잉. 강연할 때 자불거 나 딴짓하는 사람들이 있으면, (눈을 부릅뜨며 볼륨 업) 이 사람들이 지금, 어? 내가 을마나 준비를 해가, 열과 성을 다해서 강의하고 있는데 버르장머리없구로! 학 마! 안 들 으면 니 손해지! 이래 생각을 해야 된다잉! 쭈뼛거리고 거 게 말리들면 안 되는 기라. 알았제?"

아빠의 충고는 코미디언 장도연씨의 마인드 컨트롤 주 문과 닿는 부분이 있다. 장도연씨는 '청춘 페스티벌'에서 청 중을 향해 다음과 같이 말했다. 본인은 원래 수많은 사람 들 앞에서 아무렇지도 않게 이야기할 수 있는 성격이 못 되는지라 그래야 할 자리가 있을 때는 긴장을 풀기 위해 이렇게 자꾸 되뇐다는 것이었다.

"여기 있는 사람들 다 '좃밥'이다!"

물론 아빠도 장도연씨도 정말로 청중을 얕잡아 보는

것은 아니다. 누구나 많은 사람 앞에서 혼자 이야기를 끌고 나가기란 힘든 법이다. 그래서 어떻게든 청중에게 압도되지 않고 긴장을 덜기 위해 고안해낸 마인드 컨트롤 기술인 셈이다.

다행히 다음날에는 부산시민도서관에서 『힘 빼기의 기술』 북토크가 있었다. 이것은 여러 번 해봤던 터라 편안히 할 수 있는 강연이었다. 이번에도 엄마가 객석 맨 앞줄에 앉았는데, 다행히 북토크 분위기는 무척 좋았다. 나중에는 여러 사람이 다가와 "따님을 참 잘 키우신 것 같아요"라며 엄마와도 함께 인증샷을 찍어 갔다. 전날의 수모 때문에 이제 내가 어디 강연 간다고 하면 엄마가 그날의 내 모습을 떠올리겠지 싶어 신경이 쓰였는데, 평소 실력을 엄마에게 보여드릴 수 있어 정말 다행이었다.

한번은 이름난 작가들과 함께 1박 2일 동안 마치 음악 페스티벌처럼 북토크가 이어지는 행사에 참여했다. 대단한 이름들 옆에 내 이름이 나란히 쓰인 걸 보니 신기했다. 이때 나는 황선우 작가와 『여자 둘이 살고 있습니다』를 쓰던 중이었기 때문에 일부러 함께 행사장에 갔다. 책이 나오고 나면 우리도 북토크나 북콘서트 같은 걸 하게 될 테니 유명한 작가들의 강연을 집중적으로 예습하면 도움이 될 것 같았다. 다른 작가님들은 본인 강연 시간에 맞춰 왔다가 끝나자마자 돌아가기도 했지만 우리는 모든 강연을 빠짐없이 다 들었다. 그리고 그 경험을 통해 지금까지도 피와 살이 될 커다란 깨달음을 얻었다. 그것은 바로,

'아, 저분들도 아무 말을 하는구나!'

였다. 진짜다. 그렇게 유명한 작가들도 말할 때 두서가 없거나 산만하거나 지루한 얘기들을 했다! 하지만 놀랍게도 그 시간들은 다 나름대로 재미있었다. 그때 그분들이 무슨 얘기를 했는지는 거의 다 까먹었다. 하지만 얘기 중에 나온 작은 에피소드나 그분들의 말투와 음성, 표정 같은 것은 또렷이 기억에 남아 있다. 중요한 것은 그분들이 말을 그다지 잘하는 사람들이 아니었다는 사실이다. 긴장이 풀리면서, 내가 못해도 중간은 가겠구나 싶었다. 하하하. 요즘도 어디 가서 말할 자리가 있으면 그때의 깨달음을 떠올린다. '그분들도 아무 말 했었잖아. 좀 못해도 괜찮아.' 둘이 함께 그런 큰 깨달음을 얻어서인지 『여자 둘

이 살고 있습니다』의 성공으로 전국 곳곳에서 수없이 이어진 북토크 행렬을 우리는 편안히 잘해냈다. 아무래도 혼자 하는 강연보다는 둘 이상이 나누는 토크가 훨씬 수월하다.

최근 있었던 여성 작가 모임에서는 '망한 강연 토로회'가 있었다. 백수린 작가님은 "모두가 잠들어버리면 오히려 편해요. 독백하는 것처럼요"라고 했다. 이진송 작가님은 "멀리 있는 도서관에 강연을 갔는데 객석에 세 명이 앉아 있는 거예요. 세 명이면 이건 그냥 주최 측이라고 봐야 되거든요"라고 했다. 모객이 안 된 강연, 아무도 내 말을 안 듣는 강연, 입장료가 너무 비싼 걸 알고 부담스러워져서 망한 강연, 너무 인기 있는 강연자 다음이라서 위축되었던 강연 등등, 저마다의 망한 강연 이야기들을 듣는데 얼마나 마음이 편안해졌는지 모른다. 잘하는 노하우보다 누구나 못하곤 한다는 얘기를 듣는 게 왠지 더 도움이 된다. 그래, 못하면 좀 어때. 그럴 때도 있는 거지.

종합하면, 강연의 말하기에서 제일 중요한 건 긴장하지 않는 편안한 마음가짐인 것 같다. 물론 강연 준비를 철저히 하는 것은 기본이다. 잘 준비해놓고 긴장해서 강연을 망치지 않기 위해 1. 못해도 괜찮다 2. 안 들으면 니 손해 (학 마!) 3. 다 좆밥이다 4. 유명인도 아무 말을 한다 등등을 새기며 긴장을 풀어보자.

〈책읽아웃〉을
시작하다

얼마 전 동거인 황선우 작가와 동네 식당에 갔을 때의 일이다. "누룽지 통닭 주세요" 했더니 젊은 남성 직원이 "음료는 안 필요하신가요?"라고 물었다. 평소라면 당연히 칭따오 맥주를 시켰겠지만 그날은 운전을 해야 했기에 음료는 필요 없다고 말했다. 그런데 조금 뒤에 그분이 사이다를 가져오시는 게 아닌가. 주문 착오라고 말하려는데 그분이 밝게 웃으며 "서비스예요. 김하나, 황선우 작가님 아니신가요? 저 〈책읽아웃〉 팬인데 목소리 듣고 앗! 싶었어요"라고 했다. 그 며칠 뒤 어느 술집에선 내 뒷자리에서 나를 등지고 앉아 있던 여자분이 목소리로 나를 알아보고는 사인을 요청해왔다. 〈책읽아웃〉 팬이라며.

내 직업 인생은 팟캐스트 〈책읽아웃〉을 맡기 전과 후로 나뉜다. 이런저런 곳에서 말할 자리들이 있기는 했지만 〈책읽아웃〉을 맡고서야 비로소 '말하는 사람'이라는 정체성을 나의 것으로 받아들일 수 있었으니까. 온라인 서점 예스24에서 새로 시작하는 도서 팟캐스트의 진행을 맡아달라는 섭외를 받았을 때, 처음엔 망설였다. 일단 이름이 괴상한 느낌이었다. 또 난 이미 10년 넘게 프리랜서로 생활하고 있었고 장기 여행도 곧잘 떠나는 편이라 2주에 한 번 고정 스케줄이 생기는 것도 부담스러웠다. 그렇지만 이전에 해보지 않은 새로운 영역이었기에 나의 모토인 '하면 는다'를 되새기며 한번 해보기로 했다. 나는 '하면 된다'는 말은 싫어하지만 '하면 는다'는 말은 좋아한다. 처음부터 잘하는 사람은 없으니까 일단 해보면 조금은 늘 것이다. 그리고 해봐야만 '아, 이 분야는 나랑 정말 안 맞는구나' 하고 판단이라도 할 수 있을 것 아닌가. 지레 겁먹기보다는 해보기나 하자 싶었다. 팟캐스트는 방송에 비해 더 새롭고

캐주얼한 영역이었고, 또 일방적으로 송출하는 방송보다 관심이 생기면 찾아 듣는 구독 방식이 내 성향에도 더 잘 맞을 것 같았다.

팟캐스트를 시작하기 전, 나는 두 가지 대원칙을 세웠다.

첫째, 정확하고 아름답고 재치 있는 우리말을 쓸 것.
둘째, 양질의 대화를 추구할 것.•

청취율을 높이는 것도, 책 판매고를 올리는 것도 나의 목표는 아니었다. 한 편당 한 분의 작가를 모시고 신간을 주제로 나누는 인터뷰였는데, 책을 쓸 정도의 작가라면 어휘와 문장력이 평균 이상일 텐데 시시한 농담 따먹기나 하기는 싫었다. 나 스스로가 좋은 대화 상대와 나누는 양질의 대화를 무척이나 좋아하기 때문에 내가 듣고 싶을 만한 콘텐츠를 만들고 싶었다. 청취율을 높이겠다는 목표를 세운 적은 없지만 2년 반이 지난 지금은 아주 높은 순위까지 오르게 되었고, 출판계 분들을 만날 때면 '가장 핫한 팟캐스트'라는 칭찬을 곧잘 듣는다. 팬층도 두텁다. 게

다가 처음에 괴상하게 느꼈던 '책읽아웃'이라는 이름은 말할수록 입에 붙었고 비슷한 이름이 없어 검색도 잘 되었다. 심지어 비슷한 이름의 아류 TV 프로그램이 나오기도 했다. 곧 폐지되었지만.

〈책읽아웃〉은 내가 진행하는 '김하나의 측면돌파'와 오은 시인이 진행하는 '오은의 옹기종기'로 나뉘어 격주로 업로드된다. '김하나의 측면돌파'는 1부와 2부로 나뉘는데 1부는 작가 한 분을 모시고 나누는 집중 인터뷰고 2부는 〈책읽아웃〉 스태프인 그냥님, 단호박님과 최근 읽은 책을 가져와 편안히 수다를 떠는 코너인 '삼천포책방'이다. '오은의 옹기종기'도 1부는 작가 인터뷰, 2부는 프랑소와 엄님, 캘리님과의 책 수다인 '어떤 책임'이다.

사실 내가 〈책읽아웃〉을 맡기로 결정한 데에도 양질의 대화가 남긴 인상이 작용했다. 2015년에 두번째 책 『내가 정말 좋아하는 농담』을 냈을 당시 여러 곳과 인터뷰를 했는데, 그중 무척 인상에 남았던 것이 예스24 객원기자인 신연선 기자님과의 인터뷰였다. 워낙 다독가라 내가 무슨 책을 예로 들어도 막힘이 없었고 편안하고 점잖은 말투에 상대에 대한 섬세한 배려까지 갖춘 분이라 대화가 무척 즐거웠다. 그분이 〈책읽아웃〉에 참여한다는 소식을 듣고 나는 〈책읽아웃〉 팀에 좋은 인상을 갖게 되었다. 그분이 바로 캘리님이다(알고 보니 캘리님도 나와의 대화가 좋았다며 프랑소와 엄님께 추천해주셨다고 한다. 좋은 대화의 기억이란 이토록 강력하다).

캘리님 덕분에 내가 받은 좋은 인상은 들어맞았다. 아니, 그 이상이었다. 처음 '책읽아웃'이라는 이름을 짓고 직접 나의 북토크에 찾아와 나를 섭외해준 신입사원 '끄덕양' 이정연님부터, 배턴을 이어받은 채널예스 기자 '단호박' 정의정님, 객원기자 '그냥' 임나리님을 만난 것은 굉장한 행운이었다. 단호박, 그냥, 톨콩(나의 닉네임이다)이 시작한 '삼천포책방'은 책 수다의 신기원을 열었다며 우리끼리는 거침없이 자평하고 있다. '삼천포책방'의 매력을 아직 모르는 독자가 계시다면 〈책읽아웃〉 33-2 '연애의 기술, skill 말고 art!' 편에서 그냥님의 전설적인 '농협은행'이 등장하는 부분을 들어보시기를 권한다.

작가님을 모시고 하는 인터뷰는 아주 재미있을 때도

있고 재미가 덜할 때도 있지만 '삼천포책방'은 거의 언제나 재미있다. 대화는 케미다. 대화는 혼자 하는 말이 아니라 주고받는 것이므로 그 호흡에서 예기치 못한 순간들이 피어난다. 그 순간들이야말로 대화의 정수이며, 나는 2주에 한 번씩 이 좋은 팀원들과 함께 책 수다를 떠는 시간이 정말로 좋다.

2019년 6월엔 서울국제도서전의 초대를 받아 정세랑, 이슬아 작가님을 모시고 〈책읽아웃〉 공개방송을 했다. 〈책읽아웃〉의 살림과 기획을 도맡아 하는 대장 프랑소와 엄님, 대본을 쓴 캘리님, 오은 시인과 나, 그냥님, 단호박님, 이지원 피디님까지 모두가 '책읽아웃'이라고 쓰인 티셔츠를 입고 행사를 잘 치르기 위해 노력했다. 행사가 끝나고 캘리님은 이날을 "직장인 활극 같았다"고 표현했다. 일곱 명 모두가 각자의 자리에서 최선을 다해 멋지게 해내고 있음을 느끼고 뭉클했다고 한다.

나도 같은 마음이다. 〈책읽아웃〉 1주년 기념으로 부산에서 첫 공개방송을 할 때 나는 "머리가 하얗게 셀 때까지 〈책읽아웃〉을 계속하고 싶다"고 말한 적이 있다. 20년 전만 해도 팟캐스트라는 게 세상에 없었던 것처럼, 앞으로의 미디어 지형도는 또 어떻게 바뀔지 모른다. 팟캐스트라는 미디어 자체가 아예 사라져버릴 수도 있고 우리 팀이 뿔뿔이 흩어질지도 모른다. 그러나 할머니가 되어서도 텍스트를 읽고 양질의 대화를 나누고 싶다는 바람은 변하지 않을 것이고, 지금 내가 최상의 팀원들을 만나 그것을 실현하고 있음은 정말 고마운 일이다.

● 첫째 원칙의 세부 항목으로는 '전체적으로는 교양 있게, 추임새는 쌈마이로'가 있는데 이것은 내가 방금 지어낸 말로, 한 번도 문장으로 만들어 새겨본 적은 없는 항목이다. 95% 정도는 정확하고 아름답고 재치 있는 우리말을 쓰려고 노력하지만 아무래도 그렇게 반듯하기만 한 말보다는 구어나 속어를 5% 정도 섞어 쓸 때 대화 분위기는 더 편안하고 유쾌해진다. 다만 이런 추임새에서도 소수자들을 소외시키는 말이나 성·인종 차별적 발언 등을 하지 않도록 유의한다. 둘째 원칙의 세부 항목으로는 '책 많이 읽으라는 잔소리는 하지 말 것'이 있다. 이에 대해서는 나중에 부연하겠다.

내 목소리가
이렇다고?

사람에게 가장 중요한 것은 자기 자신이다. 모두가 자기중심적으로 행동하고 사고한다. 아무리 이타적이고 겸손한 사람이라 해도 두뇌의 저 깊숙한 곳에서는 자신의 생존을 최우선으로 둔다. 그렇기 때문에 자기 객관화에는 노력이 필요하다. 여러 사람과 함께 프로젝트를 수행해도 내가 한 몫이 더 커 보인다. 나는 내가 한 부분의 모든 디테일과 그에 들인 시간과 매 순간의 판단 과정을 전부 알고 있기 때문이다. 그러니 남이 한 부분에 대해서 더 열심히 보려는 노력을 해야만 비로소 형평에 맞는다.

일상생활도 마찬가지다. 앞서 말했듯이 나는 동거인 황선우 작가와 함께 살며 『여자 둘이 살고 있습니다』라는 책을 냈다. 각자 고양이 둘씩을 데리고 살던 마흔 살 언저리의 여자 둘이 아파트를 사서 고양이 네 마리와 함께 우당탕탕 동거를 시작하는, 실제 우리 이야기다. 참고로 2019년을 강타한 베스트셀러가 되었다. 이 책에는 동거생활의 좋은 점뿐 아니라 집안일 분배로 인한 갈등에 대한 이야기도 있다. 동거생활에 혜안이 있는 사람들은 '손해보는 듯 살아라'라고 충고한다. 정말 맞는 말이다. 집안일에서도 마찬가지로 내가 한 몫이 더 커 보이는 착시현상이 일어나기 때문에, 내가 조금 손해보는 듯해야 비로소 각자의 기여도가 비슷해질 확률이 커진다. 이렇게 자기 객관화에는 노력이 필요하고, 스스로의 좌표와 능력을 객관적으로 파악해야 다른 이들과 협력할 때 정확한 조율이 가능하다.

말하기에서도 그렇다. 다른 사람의 목소리는 객관적으로 들린다. 그 사람의 몸에서 나온 목소리가 공기를 통해 내 귀에 전달되니까. 하지만 내 목소리는 다르다. 내 성

대에서 나온 목소리는 공기가 아니라 뼈와 살의 직접적 울림을 통해 내 청각 신경에 전달된다. 게다가 앞서 말한 자기중심적 사고가 작용해 스스로의 목소리를 실제보다 더 좋게 평가한다. 친구가 찍은 동영상이나 녹음 파일을 통해 자기 목소리를 들을 때면 이상한 느낌이 들 것이다. 내 목소리가 이렇다고? 그 생경한 느낌이 바로 자기 객관화의 시작이다. 당신은 바로 그 동영상처럼 말한다. 남들은 당신을 그렇게 보고 듣는다.

집에서 흥에 겨워 막춤을 출 때는 내가 꽤 리듬감도 있고 잘 추는 것 같지만 연습실 같은 곳에서 거울에 비친 모습을 보면 생각보다 흐느적거리고 못 춘다. 거울 앞에 다른 사람들과 여럿이 서서 같은 동작을 해보면 비교되어서 더 잘 보인다. 그걸 더욱 객관적으로 보려면 영상을 촬영해보면 된다. 영상은 나라는 피사체를 제3자처럼 바라보게 하기 때문에 '아, 내가 고작 저 모양이구나'를 더 정확히 인지하게 해준다.

쉽지 않은 일이지만, 어색한 느낌을 이기고 나의 목소리와 말투, 대화 내용을 그야말로 '남 말하듯이' 들어야 한다.

앞서 다른 사람들을 교사로 활용할 수 있다고 한 것처럼 나의 말하기에서도 장점과 단점을 객관적으로 파악해야 한다. 예전에 성우 수업을 할 때 나의 연기나 내레이션을 처음 녹음해서 들어보고는 충격을 받았었다. 이렇게 들리겠지 하고 예상한 것과 전혀 달랐다. 말하기는 나에서 완성되지 않고 듣는 사람의 귀에서 완성되므로 계속해서 들어보고 자신에게 피드백을 주어야 한다. 나의 경우엔 〈책 읽아웃〉 모니터링이 규칙적으로 그런 경험을 쌓아주었다. 특히 내가 그 회차를 잘 진행하지 못했다는 생각이 들 때면 다시 듣기가 더욱 부끄럽고 괴롭지만, 억지로라도 들어야 했다. 그것은 거울을 보는 것과도 같았다. 내게 어떤 말습관이 있는지 체크했다.

첫째로 불필요하게 자꾸 쓰는 접속사나 부사 같은 것들—'그러니까' '이제' '사실' 등등—을 인지했다. 나는 무의식적으로 쓰니까 모르지만 '남 말하듯이' 들으면 거슬리는 것들이 그제야 들어왔다. 그다음 녹음에서는 같은 말이 튀어나오려고 할 때 신경을 써서 줄였다.

둘째로 속도가 빨라져서 너무 여백이 없지는 않은지,

반대로 처지지는 않는지, 호흡이나 웃음소리가 거슬릴 때는 없는지, 나도 모르게 볼륨이 너무 커지지는 않았는지, 상대가 말하는 사이사이 넣는 "네" "아, 그렇군요" 같은 추임새형 대답이 너무 많거나 적지는 않은지 등을 체크했다.

셋째로 무의식적으로 쓰는 말은 아니지만 어휘를 다양하게 활용하지 못해서 반복이 잦은 단어나 구절이 들리면 그것을 어떤 어휘로 대체할 수 있을지 생각해보았다. 이를테면 '베스트셀러가 되다'라는 뜻으로 '인기가 많다' '화제가 되다' '굉장한 주목을 받다' '독자들을 사로잡다' '대박이 나다' '핫 이슈가 되다' '파란을 일으키다' '순위에서 내려오지 않다' '팬층을 확보하다' 등등 뉘앙스가 조금씩 다른 다양한 표현을 쓸 수 있다. 생각을 한번쯤 해보기만 해도 다음 녹음에서는 매번 쓰는 단어가 아닌 다른 단어들을 대화에 활용해볼 수 있다. 〈책읽아웃〉에 출연하셨던 로버트 파우저 교수님(줄여서 파 교수님이라고 부른다)은 한국어로 팟캐스트에 출연할 만큼 다양한 언어에 능통한 언어학자이다. 파 교수님은 모국어를 포함해 어떤 언어가 되었든 '어휘는 평생 공부하는 것'이라고 하셨다. 말은 생물이라 끝없이 변화한다. 다국어 능통자가 아니라도 깊이 새겨둘 말씀이다.

아침저녁으로 세수하고 스킨 로션 바를 때 거울을 보면서 자연스럽게 안색이나 표정을 체크하듯이 자신의 말하기를 다시 듣는 습관을 들이면 자연스럽게 문제를 발견하고 개선해나갈 수 있다. 나는 주로 청소하거나 설거지할 때 블루투스 이어폰을 끼고 〈책읽아웃〉을 들으면서, 부끄러울 때는 갑자기 끄응 하고 신음을 내거나 "아이구 인간아……" 같은 탄식을 뱉어가며 나의 말하기를 거울에 비춰본다. 그렇게 조금씩, 내 안에서 걸어나와 대화 상대로서의 나를 객관적으로 바라본다.

양질의
대화를 위한
생각들

음악으로서의 말하기

나는 지금 빌 에반스와 짐 홀의 〈인터모듈레이션Inter-modulation〉 앨범을 듣고 있다. 나는 음악이 거슬리는 곳에서는 글을 잘 못 쓰는 편이다. 글을 쓸 때는 차라리 음악 없이 조용한 편이 낫다. 하지만 이 음반은 다르다. 하루종일도 들을 수 있고, 들으면서 글도 잘 써진다. 이 두 위대한 뮤지션이 함께한 다른 앨범인 〈언더커런트Undercurrent〉도 좋아하지만 글을 쓸 때는 〈인터모듈레이션〉이 더 낫다.

이상하게도 이 음반을 틀어놓으면 음악이 없을 때보다 더 고요하게 느껴진다. 일상적 고요보다 한 차원 더 높은 고요에 들어선 느낌이 든다. '인터모듈레이션'은 전자·전기 용어로 '상호변조'로 번역되며 둘 이상의 주파수가 서로 간섭현상을 일으키는 것을 뜻한다. 이 앨범의 제목으로 참 적절하다. 빌 에반스와 짐 홀은 각자의 내면을 들여다보는 듯하면서도 서로에게 조응하며 은근하게 다가가고 멀어진다. 결코 뒤엉키거나 분출하지 않는다. 내가 아는 가장 고아하고 부드러운 간섭현상이다.

팟캐스트에서 초대 손님과 일대일 대화를 나눌 때면 나는 그것을 '이중주'라고 상상하기를 좋아한다. 그리고 그 상상 속에서 나는 짐 홀의 역할을 맡는다. 재즈 기타리스트인 짐 홀은 진행자로서의 내게 이상적인 롤모델이다. 그는 자신의 에고를 내세우는 법 없이 상대 뮤지션이 지닌 것을 잘 드러내도록 배려하고 호응하며 근사한 협연을 이끌어낸다. 어떤 뮤지션과 협연을 해도 기가 막히게 제 역할을 해낸다. 나는 짐 홀이 참여한 연주들을 가만히 들으며 이상적인 커뮤니케이션이란 어떤 것인가를 직관적으로 느끼곤 한다.

우리나라에서 손꼽히는 그래픽 디자이너 이재민(스튜디오 fnt) 대표님은 레코드 수집가이기도 하고 음악에 조예가 깊은 분이다. 저서 『청소하면서 듣는 음악』에 본인이 수집한 레코드와 좋아하는 음악에 대해 썼는데 〈책읽아웃: 김하나의 측면돌파〉에 출연했을 때 마침 이 〈인터모듈레이션〉과 짐 홀이 화제에 올라 반갑게 대화를 나누었다. 『청소하면서 듣는 음악』에는 이 음반에서 짐 홀이 하는 역할을 더할 나위 없이 멋지게 표현한 부분이 있다.

이 앨범에서 짐 홀은 어쩐지 빌 에반스를 위로하는 것 같다. (…) 내성적이고 의기소침한 빌 에반스에게 "오늘은 내가 한잔 살게. 괜찮아. 다 잘될 거야"라고 말을 건넨다. 칩거 중이던 빌 에반스는 나갈까 말까 잠시 고민하다가 외출 준비를 하고 마는 것이다. 대화를 나누며 그럭저럭 기분좋은 저녁을 보낸다. 어쩔 수 없이 벌어진 나쁜 일은 굳이 언급하지 않는다. 상대방에게 부담을 주지 않고 배려를 하는 것도 재주다. 짐 홀의 연주는 그렇게, 빈 잔을 내려놓으면 어김없이 나타나는 조용한 바텐더처럼, 있어야 할 곳에 정확히 존재하는 느낌이다. 거기에 빌 에반스는 편안한 마음으로 자신의 생명수를 아주 우아한 동작으로 조금씩 따라 붓는다. •

그리고 이것이 내가 그리는 '김하나의 측면돌파'라는 이중주의 풍경이다. "빈 잔을 내려놓으면 어김없이 나타나는 조용한 바텐더"의 역할을 잘해내고 싶다.

대화를 음악이라고 생각한다면 이중주의 내용과 호흡을 고려해야 함은 물론 '음향'에도 주의를 기울여야 한다. 실제로 나는 음향으로서 말소리의 역할을 때로는 내용보다도 중요하게 여긴다. 그저 누군가의 편안하고 부드러운 말소리를 듣는 게 좋아서 내용보다 그 소리에 더 주의를 기울여본 적이 있을 것이다. 나는 가끔 베보&시갈라Bebo&Cigala의 〈Eu Sei Que Vou Te Amar〉라는 노래 중간에 흐르는 카에타누 벨로주의 내레이션을 가만히 듣곤 한다. 그 포르투갈어 가사를 단 한 마디도 알아듣지 못하지만, 베보 발데스의 청명한 피아노 소리와 엘 시갈라의

거친 벽을 긁는 듯한 노랫소리 사이로 스미는 벨로주의 읊조림은 까슬해진 마음결까지 부드럽게 녹여줄 천상의 크림 같다.

말은 내용 이전에 소리로서도 듣기에 좋아야 한다고 생각한다. 그래서 나는 할 수 있는 한 말소리의 매력을 높이는 데에도 신경을 많이 쓴다. 말하는 속도, 발음, 음정을 조절하고 깨끗한 소리를 내기 위해 노력한다. 언젠가 내가 출연하던 라디오 프로그램의 연출이었던 MBC 신성훈 피디님이 모니터로 내 음성 파형을 보여주면서 "작가님 목소리는 위쪽이 편평하게 깎여 있어서 안정감 있고 좋은 소리예요"라고 하셨을 때 내심 무척 기뻤다. 나는 '연주자'니까.

또한 앞서 말했던 '포즈pause'를 잘 사용하려고 한다. 음악에서도 음표가 있으면 쉼표가 있어야 한다. 적절히 쉼표를 배치하지 않으면 이야기의 집중도가 떨어지고 리듬이 잘 생겨나지 않는다. 이렇게 '음악으로서의 말하기'를 생각하며 듣기 좋은 팟캐스트를 만들려고 노력했기 때문인지, 육아를 하는 분들이나 혼자 작업하는 일러스트레이터 같은 분들이 '소리가 편안하다' '거슬리는 부분이 없어서 작업할 때 좋다' '계속 듣게 된다' 같은 칭찬을 해주신다. 특히 외국에 계신 분들이 모국어로 두런두런 대화 나누는 소리를 그저 듣고 싶어서 내내 음악처럼 틀어놓고 생활하신다는 얘기를 들었을 때 기분이 무척 좋았다. '차분하고 다정한 모국어'라는 칭찬은 오래도록 잊히지 않을 것 같다. 내 목소리를 듣는 분들이 그 내용은 다 잊는다 하더라도 듣는 시간만큼은 그저 편안하고 기분좋게 음악처럼 말소리를 즐긴다면 나는 더 바랄 것이 없겠다.

듣고, 그 순간에 있기

나는 일대일 대화 상대로 출연한 분이 자신의 정수를 잘 꺼내놓을 수 있도록 적재적소에서 반응하고 적절한 질문을 던지며 좋은 이중주가 이루어지게끔 하고 싶다. 그러기 위해 가장 집중하는 부분은 '듣기'다. 사람들은 내가 팟캐스트를 진행한다고 하면 '말하기'를 한다고 생각한다. 아니다. 말하기 전에 우선 들어야 한다. 대화에서는 듣기가

80이고 말하기가 20이다. 잘 들어야만 잘 말할 수 있다. 잘 들어야만 미묘하게 상승하는 대화의 호흡과 리듬을 감지할 수 있고, 그것을 더 끌어올리거나 식힐 수도 있다. 그리고 무엇보다도, 잘 들어야만 '그 순간'에 있을 수 있다.

에디터 출신이고 훌륭한 인터뷰어이기도 한 나의 동거인 황선우 작가가 언젠가 이런 얘기를 들려줬다. TV 특집 방송에서 한국 인터뷰어가 외국 명사를 인터뷰하는 걸 봤는데, 그 인터뷰어는 완벽한 영어를 구사했으나 본인의 발음과 질문지에 적힌 다음 질문을 던질 타이밍만을 신경 쓰느라 정작 인터뷰이의 대답에 주의를 기울이지 않더란다. 그래서 대화의 긴장도 흥미도 전혀 생겨나지 않더라고 했다. 나는 그 인터뷰어가 '그 순간'에 있지 않았던 거라고 생각한다. 본인의 발음 등 '내가 어떻게 보일까'의 문제를 잊을 정도로 그 순간의 대화에 몰입했더라면 상대의 대답에 자연스럽게 리액션을 하게 되었을 테고, 상대의 대답에서 궁금해지는 점을 추가 질문할 수도 있었을 텐데 말이다. '그 순간'에 있다는 것은 그만큼 집중한다는 의미다. 누구나 그런 경험을 한 적이 있을 것이다. 상대의 질문에 내가 대답하는 중인데 상대가 건성으로 듣고 있다고 느낀 적 말이다. 내게 집중하지 않으면 누구나 바로 그걸 느낀다. 누가 그런 상대에게 자신에게 소중한 것, 이를테면 진심을 꺼내놓겠는가.

'그 순간에 있기'는 운전과도 비슷하다. 운전을 할 때는 목적지가 어디인지, 어느 도로를 타고 갈지, 다음 신호에서 좌회전을 하려면 언제 차선을 변경할지를 계속 생각해야 하지만 동시에 운전대를 잘 잡고 지금에 집중해서 액셀과 브레이크를 적절히 밟으며 차의 속도와 방향을 제어

해야 한다. 그래야만 불시에 튀어나오는 보행자나 앞차의 급정거에도 바로 대처할 수 있다. 운전을 처음 할 때는 차선 변경 한번 하는 게 그리도 힘들지만 계속하다보면 차츰차츰 나아지듯이, 일대일 인터뷰도 그런 것 같다. 다음 질문과 시간 배분 등을 고려하면서도 그 순간의 대화에 집중력을 잃지 않게 된다.

대화의 에너지 뱀파이어들

얼마 전 어찌어찌 알게 된 분과 모임 자리가 있었다. 그분은 자신의 문제에 대해 지나칠 정도로 시시콜콜 늘어놓았다. 나는 별로 알고 싶지 않은 자기 회사, 시가, 친구 등등과의 문제를 한참 토로하며 조언을 구하기에 나름대로 열심히 고민도 하고 대답도 했지만 그분은 그다지 내 대답에 집중하지 않았다. 그저 토로할 상대가 필요한 것 같았다. 우린 전혀 친하지도 않은 사이인데 말이다. 혼자 너무 대화 지분을 다 가져갔다 싶었는지 그분은 드디어 자기 이야기를 멈추고 다른 사람들에게 의례적인 질문을 던졌다. 나는 그 뒤 그분이 했던 행동을 결코 잊을 수 없다. 다른 사람이 대답을 시작하자 그분은 자신이 말하느라 그동안 먹지 못했던 안주를 집중해서 먹기 시작했다! 고개 들어 말하는 상대와 눈 한번 맞추지 않고 말이다.

나는 그날 너무 기력이 빠져 다시는 그분을 만나지 말아야겠다고 생각했다. 전형적인 '에너지 뱀파이어'였다. '에너지 뱀파이어'란 정신과 전문의 주디스 올로프가 만든 말로, 다른 사람들의 에너지를 빼앗아 자기 기력을 채우는 사람들을 일컫는다. 그분은 대화를 주고받는 게 아니라 자신의 에너지를 채우기 위해 다른 사람들을 이용하는 것처럼 보였다. 그리고 나는 '에너지 뱀파이어'들에게 나도 모르게 에너지를 열심히 주는 사람이므로 그들과 적당히 잘 지내는 게 도저히 안 된다.

내가 신봉하는 책으로 『위대한 나의 발견 강점혁명 Strengthsfinder 2.0』이 있다. 갤럽이 40년간 1000만 명의 사람들을 조사해 사람이 지닌 '강점'을 34가지 테마로 분류하고 그중 나의 강점 테마 5개를 찾아주는 책이다. 책을 사면 인터넷을 통해 스스로를 테스트할 기회가 주어지는데, 사실 책은 부록이고 이 테스트가 중요하다. 중고책을 사면 인터넷 테스트를 해볼 수가 없으므로 혹시 궁금한 분들은 참고하시기 바란다. 나의 강점으로 꼽힌 항목 중에는 '긍정Positivity' '공감Empathy' '커뮤니케이션Communication'이 있었다. 나는 상대의 이야기에 순간적으로 몰입해서 내 일처럼 '공감'하고, 상대의 성격이나 상황에서 '긍정'적인 부분을 찾고, 열을 올려가며 그에 대해 '커뮤니케이션'하는 기질이 있다. 내 친구들이면 모두 수긍할 만한 항목들이다. 이건 타고난 성격이어서 내 뜻대로 컨트롤하기가 쉽지 않다. 황선우 작가는 내가 다른 사람들의 사연에 지나치게 몰입해서 내 일처럼 화를 내거나 슬퍼하는 걸 보면 신기하게 여긴다. 가끔은 한 귀로 듣고 한 귀로 흘리며 다른 사람에게 너무 에너지를 쏟지 말라고 조언할 때도 있다. 하지만 나는 그게 잘 안 된다. 일단 만나서 이야기를 나눴다 하면 나도 모르게 또 지나치게 열심히 집중하게 되어버리므로 그 사람이 에너지 뱀파이어라면 그 뱀파이어 력에 따라 만나는 횟수를 조절하는 수밖에 없다. 앞서 말한 그분은 정말이지 다시는 안 만나고 싶을 정도로 뱀파이 어력이 높았다.

집중력의 한계 알기

집중력을 유지하기란 생각보다 어렵다. 그것은 일단 체력의 문제다. 〈책읽아웃: 김하나의 측면돌파〉와 '삼천포책방'을 연이어 몇 시간씩 녹음하고 나면 녹초가 되곤 한다. 스케줄이 꼬여 저녁에 라디오까지 해야 하는 날이면 다음 날까지 타격이 있다. 마음을 다해 대화에 임했다면 써버린 에너지를 보충하기 위한 가만한 시간이 꼭 필요하다. 내가 내향적인 성격이라 혼자 조용히 있는 시간으로 기력을 회복하기 때문이기도 하다.

이번 주는 〈산들의 별이 빛나는 밤에(약칭 별밤)〉에 마지막으로 출연하는 주다. 1년 5개월 정도 매주 출연했지만 더이상 하기는 힘들겠다고 스태프들께 말씀드렸다. 왜냐하면 지금 쓰고 있는 이 원고에 집중해야 하기 때문이다! 말하기에 대한 원고를 쓰려고 말하기 자리를 그만둔 셈이니 아이러니다. 팟캐스트 준비·녹음과 이곳저곳의 진행과 강연, 매주 라디오를 소화하면서 원고를 쓰려니 버거웠다. 라디오에서 내가 맡은 것은 청취자의 고민 사연을 듣고 나름 대로 조언을 내놓는 코너인데, 순간집중력을 발휘해서 실제 친구들의 고민 들어주듯 이야기하면 되었기에 1년 넘게 생방송으로 진행되었음에도 그리 힘들지 않았다. 〈별밤〉 디제이 B1A4 산들씨는 좋은 디제이 이전에 좋은 사람이고 어른스러운 청년이었다. 존경스러울 정도로 성실한 사람이기도 했다. 힘든 고민은 산들씨와 함께 진심으로 머리를 맞대고 고민하고, 너무 답답한 사연에는 일단 점잖게 상담 내용을 말씀드린 다음 노래가 나갈 동안 "으아악 답답해!!" 하고 함께 소리를 지르며 풀었다. 생방송이라는 점을 십분 활용해서 청취자 게시판을 통해 '요즘 중학생들의 용돈 시세'를 조사한 뒤 사연 보내신 분에게 적정 용돈을 제시하기도 했다. 통금 시간이 너무 이르다는 어느 대학생의 사연에는 전화 연결을 해서 부모님을 직접 설득해 통금 시간을 늦춰주었다. 정말 즐겁고 따뜻한 시간들이었고 청취자들로부터 명쾌한 고민 해결에 고맙다는 칭찬도 많이 받았다.

그런데 녹음방송으로 바뀌자 사정이 달라졌다. 며칠 전에 미리 받는 고민의 무게가 아주 묵직해졌고 그에 대해 한 줄 카피로 처방도 쓰고 사연들에 맞춰 선곡도 해야 했다. 방송은 이전과 같이 한 시간이었지만 매주 들여야 하는 시간과 노력의 양이 완전히 달라져버린 것이다. 하지만 정작 가장 힘든 부분은 따로 있었다. 공감과 커뮤니케이션의 테마를 지닌 나로서는 상담자의 고민을 며칠간 품고 지내야 하는 상황에서 집중력을 조절하기가 어려웠다. 심리 상담이나 정신과 진료를 하는 분들은 시간을 엄수하며 내담자와의 거리와 본인의 집중력을 유지하는데, 그런 분절의 시간을 확보하지 못했기에 나는 매주 묵직한 사연들을 며칠씩 껴안고 급속도로 지쳐갔다. 몇 달 동안 적응하려고 꽤나 노력했지만 아무래도 나의 천성으로는 감당하기가 힘들었다.

본인의 성정과 체력, 루틴에 맞게 집중력을 유지하려면 노하우가 필요하다. 무엇보다도 자신을 잘 아는 게 중

요한 것 같다. 무조건 할 수 있다고 하기보다는 내가 잘할 수 있는 선을 알아야 한다. 그러기 위해서는 자신을 면밀히 관찰하는 것이 우선이다. 나의 경우 대화의 순간집중력을 불태우는 것은 그리 어렵지 않다. 대신 그를 위해 사전 준비를 철저히 하는 편이다. 〈책읽아웃: 김하나의 측면돌파〉 진행을 위해서는 저자의 책들을 힘닿는 데까지 꼼꼼히 읽고 작가를 향한 궁금증을 최대한 키운다. 녹음 직전까지 표면장력을 잔뜩 부풀려두었다가 대화에서 터뜨리는 타입이다. 어찌 보면 배우와도 비슷한 데가 있다. 시나리오를 꼼꼼히 읽고 배역을 철저히 연구하고 상상한 뒤 현장에서 집중력을 발휘하는 점과 같달까.

하지만 라디오 녹음방송을 준비할 때는 내가 청취자의 사연에 어떤 상담을 할지를 오래 붙들고 연구하는 것이, 배우가 아닌 극작가의 역할을 하는 느낌이었다. 여기서 이런 대사를 하는 게 나을까, 아니면 이렇게 바꿔볼까, 이 말이 상대에게 어떤 영향을 미칠까 등을 붙들고 고민하는 건 나의 스타일이 아니라는 결론이 났다.

나의 말하기 도구 : 마인드맵

지금 내 눈앞에는 A4 용지가 하나 가로로 붙어 있다. 가운데엔 '말하기'라고 쓰여 있고 그로부터 비정형의 선들이 여기저기로 나뭇가지처럼 뻗어 있으며 그 가지들 위에는 듣기, 짐 홀, 성우 수업, 별밤 등등이 적혀 있다. 이것은 『말하기를 말하기』를 쓰기 위해 내가 작성한 설계도로서의 마인드맵이다. 나는 2012년부터 마인드맵을 써왔고 생

활과 일 전반에서 이를 활용한다. 강연 준비, 칼럼 구상, 책 목차 짜기 등에는 물론이고 장 보러 갈 때, 여행 계획 짤 때도 마인드맵을 그린다. 동거인은 생각이 잘 정리되지 않을 때 나에게 와서 "나무 그림 좀 그려줘"라고 부탁한다. 마인드맵으로 생각을 정리해보자는 말이다.

마인드맵은 영국의 토니 부잔이라는 사람이 만들어낸 생각의 지도 작성법이다. 텍스트 위주의 기존 정보 기록법의 틀에서 벗어나 이미지와 곡선을 적극적으로 사용하는 도구인데, 나는 마인드맵 덕분에 지금 하고 있는 수많은 일들을 효율적으로 해내는 중이다. 너무 유용하게 잘 쓰고 있기 때문에 이 강력한 도구를 더 알리고 싶어서 2017년부터 마인드맵 워크숍을 하고 있다.

〈세바시〉 녹화하러 갔을 적의 일이다. 사전에 작가님과 원고를 주고받고 수정도 끝내두었다. A4 용지에 글자 크기 10포인트로 세 장을 꽉 채우면 15분 정도 말하기 분량이 나온다고 했다. 나는 오가면서 그 A4 용지를 보며 말할 내용을 기억했다. 첫번째 장 중간 부분에는 이 내용이 있고, 끄트머리에는 이 내용이…… 넘어가서 두번째 장 첫

머리에는 이 내용이 있고…… 이렇게. 우리는 텍스트를 기억할 때도 위치 정보라는 것을 사용한다. 그래서 학교에서 시험 칠 때 '아! 이거 교과서 오른쪽 페이지 사진 밑에 있던 내용인데!'라는 건 생각나는데 정작 그 내용은 기억이 안 날 때가 있다.

그런데 녹화장에 갔더니 원고를 큐 카드로 만들어서 주시는 것 아닌가. 큐 카드는 예능 프로그램 같은 데서 진행자가 손에 들고 있는 마분지로 된 가로형 원고다. 내가 받은 큐 카드는 세 장보다 많았고 나는 기억해둔 A4의 위치 정보가 헷갈리며 머릿속이 뒤엉키기 시작했다. 리허설을 하고 나서 안 되겠다 싶어 대기실에서 큐 카드의 빈 여백에 조그만 마인드맵을 그렸다. 그걸 그리는 동안 내 머릿속은 말끔히 정리되어서, 나중에 본 녹화를 할 때에는 큐 카드를 한 번도 보지 않고 말할 수 있었다.

팟캐스트를 진행할 때면 나는 꼭 A4 용지 한 장을 준비해서 마인드맵을 작성한다. 가운데엔 초대 작가 이름을 적고, 거기서 뻗어나온 가지에는 그분의 저서들에서 기억해야겠다 싶은 것들을 써둔다. 초대된 작가님들은 내가 적재적소에서 본인의 여러 책 중 어느 부분을 인용하는 것을 놀라워하는데, 그게 다 마인드맵 덕분이다. 내가 만약 기억해둘 내용을 다 글로 써서 녹음실에 가지고 간다면 대화중에 그것을 찾기란 어려울 테고 흐름도 끊기고 말 것이다.

마인드맵은 방대한 내용도 A4 용지 한 장에 가뿐하게 기록할 수 있고 한눈에 보기도 쉬워서 팟캐스트 진행이나 강연을 할 때 찰떡같이 도움이 된다. 마인드맵은 좌뇌와 우뇌를 동시에 활발히 사용하기 때문에 내용을 기억하는 데도 유리하다. 녹음 전 백지 한 장을 꺼내놓고 꼼꼼히 마인드맵을 작성하는 과정에서 이미 내 머릿속은 명료하게 정리된다.

- 『청소하면서 듣는 음악』 87쪽, 워크룸, 2018

좋은 걸
좋다고
말하기

카피라이터가 하는 일의 본질은 칭찬거리 찾기다. 내가 광고할 브랜드나 제품이 다른 브랜드나 제품과 어느 면에서 다르고 더 나은가를 찾아내어 알리는 일이다. 모든 면에서 칭찬거리가 많은 품목도 있겠으나 선뜻 칭찬거리를 찾기 힘들 때도 있다. 그래도 세상 모든 제품은, 하다못해 엇비슷한 생수 한 병이라 하더라도 성분이나 가격, 접근성, 패키지 디자인 등에서 단 하나라도 강점이 있다. 어떤 제품은 품질이 뛰어나고 어떤 제품은 값이 싸다. 어떤 제품은 손쉽게 구할 수 있어 편리하고 어떤 제품은 손쉽게 구할 수 없어 독특하다. 같은 요소라도 카피라이터가 어떻게 바라보느냐에 따라 칭찬거리가 될 수 있다.

광고 교과서에 실리곤 하는 사례 하나를 소개할까 한다. 1959년 독일 자동차 폭스바겐 비틀이 미국 시장에 진출할 때의 일이다. 당시 미국에서는 큼지막하고 과시적인 디자인의 자동차가 인기였다. 거기에 조그맣고 실용적인 '딱정벌레차' 비틀이 등장하며 내걸었던 캠페인 슬로건은 'Think small(작게 생각하라)'이었다. 거리의 빌보드 광고판이나 신문광고에서도 여백을 텅 비운 채 안 그래도 작은 차를 딱정벌레처럼 더 조그마하게 보여주고 작은 차의 칭찬거리를 강조하는 캠페인을 펼쳤다. 광고의 고전으로 불리는 이 시리즈는 오랫동안 이어지며 자동차에 대한 미국인들의 생각을 바꿔놓았고 크게 히트했다. 그중에는 웃음이 터지는 이런 헤드라인도 있었다. 'It makes your house look bigger(이 차는 당신의 집을 더 커 보이게 합니다).' 이 조그만 차를 집 앞에 세워놓으면 상대적으로 집이 커 보이는 효과가 있다니, 정말이지 생각도 못한 칭찬거리다.

유명한 카피라이터 데이비드 오길비는 이런 말을 했

다. "재미없는 제품은 없다. 재미없는 카피라이터가 있을 뿐이다." 카피라이터로 오래 일한 나는 브랜드나 제품뿐 아니라 책이나 사람에게서도 칭찬거리를 잘 찾아낸다. 아니, 오히려 카피라이터로 오랜 기간 즐겁게 일할 수 있었던 데는 숨은 칭찬거리를 발굴해내기를 좋아하는 천성이 작용했는지도 모르겠다. 팟캐스트를 통해 작가 인터뷰를 하면서 나도 모르게 책과 작가의 남다른 장점을 찾아내 칭찬을 많이 했는데, 그러다보니 어느새 '칭찬폭격기'라는 별명이 내게 붙어 있었다. 작가가 미처 겸양을 차릴 새도 없이 면전에서 칭찬을 퍼부어 '초토화(?)'해버린다는 의미다. 작가님들은 곧잘 말씀하기를, 자신이 책을 쓸 때 알아봐주길 바라며 공들였던 부분을 내가 정확하게 끄집어내 칭찬해줘서 놀랐고 고맙다고 한다. 나는 그럴 때가 참 즐겁다. 좋은 것을 좋다고 말하는 데 에너지를 쓸 때가. 사람들이 지나치기 쉬운 부분에 조명을 비추어 아름다움이 환하게 드러나 보이도록 하는 게 카피라이터 출신인 나의 소임이라고 생각한다. 칭찬거리를 구체적으로 찾아내 정확하게 칭찬하는 일. 어떤 청취자들은 이미 읽은 책인데도 팟캐스트를 듣고 나면 그런 포인트가 있었구나 싶어 새로운 눈으로 다시 보게 된다고 말한다.

마인드맵 워크숍을 할 때면 '자신의 신체적 단점에서 장점 찾기'를 마인드맵으로 작성해보라고 한다. 생각 못한 답들이 많이 나온다. '시력이 안 좋다'는 단점에는 '지저분한 게 눈에 덜 띄어 세상이 더 아름답게 보인다' '안경의 변화로 다양한 인상을 줄 수 있다'는 장점이 있다. '키가 작다'는 단점에는 '연애할 때 품에 쏙 안긴다' '술 취하면 친구들이 들어서 옮기기 쉽다'는 장점이 있다. '하체가 굵다'는 단점에는 '다리가 튼튼해 산행에서 지치지 않는다' '버스가 흔들려도 안정적으로 서 있는다'는 장점이 있다.

이렇듯 세상 모든 것들은 어떤 프레임으로 바라보느냐에 따라 달라진다. 나는 무언가를 기존과 다른 관점에서 바라보는 일이 창의성의 영역이라고 생각한다. 어떤 사람들은 자신이나 남이 지닌 장점에서조차 기어이 단점을 찾아내 미워하곤 한다. 굳이 그럴 필요가 있을까? 나는 되도록 내가 지닌 창의성을 칭찬거리를 발견해내는 데 쓰고 싶다. 세상사에서 좋은 점을 발견하려고 노력하는 일은 결국 본인의 환경을 더 나은 것으로 여기게끔 한다. 또 주변의 좋은 것을 찾아내 칭찬하는 일을 계속하면 좋은 것이 무럭무럭 자라날 테니 실제로도 나를 둘러싼 세상이 더 나아질 것이다. 좋은 환경 속에 나를 놓아두면 나는 거기서 에너지를 얻어 좋은 것을 더 많이 발견하고 칭찬하게 되므로 선순환이 일어난다. 내가 다니는 길가에 꽃씨를 뿌리고 비료를 주는 것과 같다. 그건 결국 나를 위한 일이 아닐까?

칭찬폭격기라는 별명이 썩 마음에 든다. 칭찬폭격은 무얼 파괴하기보다는 좋은 것을 북돋우는 일이니, 세상의 폭격이란 폭격 중에 가장 좋은 축에 들 것이다.

단군 이래
가장 큰
여성 작가 모임

　　얼마 전 숙원 사업을 이루었다. 〈책읽아웃: 김하나의 측면돌파〉에 출연해주신 여성 작가님들을 모두 모시고 송년회를 한 것이다. 총 31명이 모였는데 다들 자발적으로 2차를 넘어 3차까지 갔으며 집에 돌아오니 새벽 4시였다. 모임은 대흥행이었다. 이날 모임은 '단군 이래 가장 큰 여성 작가 모임'이라는 터무니없이 거창한 이름으로 불리고 있다. 다양한 분야에서 활동하는 여성 작가들이 교류하고 서로의 이야기를 들을 수 있다면 든든한 힘이 되고 또 무엇보다도 무척 재미있을 것 같았는데, 그 예상은 기대 이상으로 적중했다.

조용히 혼자 글을 쓰는 분들이 많다보니 만나기 전에
스스로 '부끄럼이 많다, 내향인이다. 낯을 많이 가린다'라
며 걱정을 내비친 분들이 여럿 계셨다. 어느 분은 한꺼번
에 많은 사람들을 만날 생각을 하니 위염이 도졌다고도 했
다. 어느 분은 모임 장소 1층까지 와서도 되돌아갈까 말
까 고민했다고 고백했다. 그런데 바로 그분들이 새벽이 되
도록 누구보다 들뜬 표정으로 자리를 지키고 있는 걸 보며
무척 뿌듯했다. 앞서 밝혔지만 나야말로 '원조 낯가리머'
출신이기 때문에 그분들의 마음을 누구보다 잘 안다. 스
스럼없는 분들이야 걱정할 필요가 없을 테고, 내가 두 달
간 모임을 준비하면서 가장 신경을 많이 쓴 것은 '부끄럼
많은 분들도 편안히 이야기 나눌 수 있는 분위기를 만든
다'는 것이었다. 그를 위해 여러 아이디어가 동원되었다.

우선 공간을 통째로 빌렸다. 모임 멤버 외의 사람들에
게 열린 공간보다는 아늑하게 우리끼리만 떠들 수 있는 공
간이 나을 듯했다. 여기저기 물색한 끝에 상암동에 있는
'비스트로 에버' 2층을 대관했다. 교통이 편리한 곳은 아

니었지만 30명 정도 인원에 딱 맞는 규모였다.

둘째로 맥주와 와인을 넉넉하게 준비했다. 무난하고 편안한 맛으로(물론 복합적이고 섬세한 맛의 술을 마련하기에는 회비도 턱없이 부족했지만). 이날의 주인공은 '술'이 아니라 '대화'가 되어야 했다. 부담 없이 목을 축일 수 있되 술맛이 주의를 앗아가지 않기를 바랐다. 장소를 빌려주신 비스트로 에버 사장님은 사전에 '술은 이만하면 충분할 것'이라고 하셨지만 분위기가 너무 활발해진 나머지 술이 술술 들어가, 결국 술값이 오버되고 말았다.

셋째, 처음 만나는 분들끼리 누가 누군지 모르거나 듣고도 까먹어 눈치 게임을 하지 않게끔 이름표를 준비했다. 도착하는 족족 큼지막한 스티커에 본인의 대표작과 이름을 써서 가슴에 붙이게 했다. 통성명 시간을 줄이고 이름을 기억하는 데에 주의력을 빼앗기는 일 없이 더 많은 대화를 나눌 수 있게 하자는 아이디어였다. 또 평소라면 무례할 일이지만 워낙 여러 분야에서 온 분들이 모였으니 이번 모임만큼은 당사자 앞에서 폰으로 책과 이름을 검색하는 걸 허용합시다, 하고 농담조로 말씀드렸다.

넷째, 끼리끼리 뭉치지 않도록 적절한 타이밍에 한 번씩 대대적으로 자리를 바꿨다. 한 번은 가나다순으로, 한 번은 팟캐스트 출연 순서대로 자리를 바꾸어서 사람들이 잘 섞일 수 있게 했다. 모임에 온 순서대로 앉자는 의견도 나왔으나 친한 작가와 함께 온 분들이 또 나란히 앉게 될 수 있으니 친분과 무관할 수 있는 방법을 선택했다. 이때 오가면서 술잔까지 섞여버리게 될지도 모르므로 미리 매직테이프를 술잔에 붙여 본인 이름을 써두게 했다.

다섯째, 진행자인 나는 원조 낯가리머 출신으로서 내가 살면서 다닌 모임에서 불편하게 느꼈던 것들은 아무것도 하지 않았다. 게임을 하지 않았고(서로 낯선 상태에서 게임은 대화를 방해한다), 누군가에게 술을 먹이거나 억지로 뭘 시키지 않았고, 진행자랍시고 앞에서 오래 혼자 떠들지 않았다. 이 세 가지는 직장 상사들이 술자리를 불편하게 만드는 대표적인 행동들이다. 단, 돌아가면서 모두가 자기소개하는 시간은 한차례 가졌다. 낯가림쟁이들에게 자기소개란 곤혹스러우면서도 또 우호적인 분위기 속에서는 은근히 하고 싶기도 한, 미묘한 일이다. 이날 돌아가면서

한 분씩 자기소개를 할 때마다 커다란 박수가 터졌고 분위기는 자연스럽게 점점 고조되었다.

분위기가 너무 차분해지지 않도록 루돌프 뿔 모양의 반짝이 머리띠를 여러 개 준비해서 원하는 분들이 쓰게끔 했는데 곳곳에 불쑥 튀어나와 돌아다니는 그 머리띠가 보이는 것도 연말 파티 분위기를 띄우는 데 한몫했다. 모임의 분위기란 몇몇이 띄우려고 애를 쓴다고 되는 게 아니다. 모임 구성원이 자연스럽게 발화할 수 있는 판을 잘 깔아주면 그 모임만의 분위기와 흥이 조금씩 생겨난다. 작업실 시세에 대한 이야기, 망한 강연 토로회 등 실용적인 정보 공유에서부터 숨겨두었던 팬심 고백, 서로를 응원하는 다정한 말들까지 이 모임에서 오간 많은 이야기와 따뜻한 분위기는 모두에게 오래도록 큰 힘이 되지 않을까 싶다. 다음날 작가님들이 보낸 후기 메일을 읽는데 참 뭉클하고 뿌듯했다. 다음은 백수린 작가님이 보내주신 메일 중 한 구절이다.

어제는 정말 즐거운 시간이었어요. 자기소개할 때

말씀드렸듯이 낯선 분들을 한꺼번에 만날 생각에 무척 긴장을 많이 하고 갔지만, 등단 이래 가졌던 어떤 술자리보다 더욱 편하고, 뭐랄까, 무언가 따뜻한 것이 와락— 저에게 덮치는 것 같은 느낌을 받은 감사하고 기쁜 시간이었습니다. 원고 때문에 마음이 조금 초조하여 3차에 가지는 못했지만, 실은 3차까지 가서 사이다라도 마시고 싶었답니다.

나는 내가 원래 극도로 내성적인 성향의 사람이었던 것을 이제는 일종의 '특권'처럼 여긴다(여기서 '특권'이라는 어휘는 이후 소개할 〈책읽아웃〉 김원영 작가님 편에서 나왔던 표현에서 가져와 내 사전에 넣은 단어임을 밝혀둔다). 스스럼없이 다른 이들과 어울리는 사람이라면 알기 힘들 세부적인 지점들이 나에게는 보이기 때문이다. 그리고 이 모임을 통해 다시 한번 깨달았다. 여러 조건이 잘 맞으면 이야기는 자연스레 생겨나고 사이를 오가게 된다. "어디, 자네도 얘기 한번 해보게" 한다고 해서 소통이 일어나는 게 결코 아니다. 빛과 온도와 습도가 잘 맞으면 흙속의 씨앗들이 너도나도 싹트듯이, 편안하고 서로에게 집중할 수 있는 조건이 갖춰지면 이야기꽃이 피어나는 것이다. '이야기꽃' 이라는 표현이 괜히 있는 게 아니구나 싶었다.

여성들에게:
우리에겐
겸손할 권리가
없다

광고계에서 일하는 여자 후배 A는 실력도 있고 회사에서도 인정받고 있었다. 적어도 칭찬은 참 많이 들었다. 그러던 어느 날 A는 자신이 남자 선배들이 팀장이 되던 즈음의 연차가 되었는데도 회사가 자신을 승진시켜줄 생각을 안 하고 있음을 깨달았다. 기분이 좋지 않았지만 적극적으로 팀장직을 요구할 마음은 없었다. 팀장 자리는 아직 부담스러웠고 잘해낼 수 있을지 확신이 들지 않았기 때문이다. 그리고 회사를 언제까지 다닐지도 모르잖아요, 라고 내게 덧붙였다. 글쎄, 내가 보기에 A는 진작부터 팀장 역할을 하고 있었다. 그것도 아주 잘. 나는 A의 잔에 와인을 가득 따라주며 말했다.

"A야, 꼭 팀장이 되면 좋겠다. 뽑히는 신입사원은 죄다 여잔데 어째서 팀장 되는 건 다 남자냐고 투덜거렸었잖아. 네가 팀장 자리에 의욕을 보이지 않으면 또 너를 제치고 어떤 남자가 팀장이 되겠지. 회사를 1년만 더 다닌다고 해도 팀장으로 1년을 '해 보이고' 그만둬. 여자 팀장이 눈에 보이는 건 중요하니까. 그리고 넌 이미 너무나 잘하고 있다고!"

A는 결국 팀장으로 승진했다. 나는 열렬히 축하해주었다. 몇 달이 지난 뒤 A에게 팀장 생활은 어떠냐고 물었다. "별로 달라진 것도 없지?" 의외의 대답이 돌아왔다.

"너무 달라요. 하던 일은 비슷한데, 내가 결정 내리고 그 결정에 책임지는 사람이라는 게 공식적으로 선포되고 나니까 훨씬 더 편해요. 그리고 나는 알고 보니 디렉터가 체질에 맞는 사람이더라고."

야호! 나는 A가 앞으로도 더 높은 직급으로 올라가거나 더 큰 프로젝트를 맡을 기회가 생기면 와인을 가득 따라주며 "해라! 해 보여라!"라고 응원하고 싶다.

B는 유명한 전문 번역가다. B가 탄탄한 지식과 교양을 바탕으로 번역한 아름답고 리드미컬한 문장들은 항상 읽는 쾌감이 컸다. B가 번역을 했다는 이유만으로 '믿고 보는' 사람들이 많으며, 나도 그중 하나다. 얼마 전 만난 B는 최근 제안받은 책의 계약을 놓고 고민하고 있었다. 전세계 동시 출간되는 블록버스터급 책이었다. 이번 건은 계약 조건이 맘에 들진 않지만 작업 자체가 흥미로워 욕심이 난다고 했다. B는 자신이 계약과 협상에는 젬병이라고 털어놓았는데, 내가 캐물었더니 역시 그 이면에는 '겸손병'이 도사리고 있었다. 원하는 조건을 출판사에 요구할 정도로 자신이 실력과 자격을 갖추었다고 생각하지 않거나, 실력에 자신이 있더라도 그런 요구를 겸연쩍게 여긴 것이다. 나는 약간 흥분한 어조로 말했다.

"무슨 말씀이세요. B씨야말로 모든 번역가 중에 이번 프로젝트에 최적임자라고요. 출판사로서는 계약 조건을 바꿔서라도 B씨를 잡는 게 훨씬 이득이에요. 그리고 B씨만큼 실력과 영향력이 있는 번역가조차 출판사와 협상을 시도하지 않는다면 번역하는 후배들을 위해서도 좋지 않아요."

이 글을 쓰면서 B에게 연락해보니 본인이 원하는 조건에 계약하기로 했다고 한다. 내 덕분에 협상이란 걸 태어나 처음 해봤다며. 야호! 나는 앞으로 B가 대형 계약을 할 때마다 쫓아다니며 불필요하게 겸손해하지 말라고 훈수 두고 싶다.

C는 월간지 에디터다. 잡지계에서 일한 지 오래되었고 지금은 디렉터급이다. 언젠가 만나서 얘기를 나누는데 그날 아주 귀찮은 업무가 있었다고 했다. 자기가 1년 동안 뭘 했는지 회사에 보고하는 평가서를 써 내는 날이라는 거였다. 아니 한 달에 한 번씩 꼬박꼬박 잡지를 내왔는데 보면 알지 않냐며 뭘 또 따로 보고해야 하는지 모르겠다고 했다. 나는 정색하고 말했다.

"오늘이야말로 정말로 공들여 회사에 생색을 내야 하는 날이야. 회사에 인력이 얼마나 많고 발행되는 잡지만 해도 얼마나 많은데 그걸 어필도 안 해놓고 회사에서 어련히 알아주려니 하면 안 되지. 자칫하다간 1년간 고생은 고생대로 하고 회사에는 별다른 성과도 못 낸 사람으로 비칠 수도 있다고." 그리고 덧붙였다.

"내가 사회생활하며 관찰해보니까 남자들은 자기가 조금이라도 개입했던 일은 꼭 언급하려고 하는데 여자들은 자기가 주도적으로 했던 일에 대해서도 스스로 어필하는 걸 불필요하게 생각하거나 겸연쩍어하더라니까."

그후로 C는 적어도 연례 보고를 귀찮게 생각하지는 않게 되었다. (야호!) C는 능력이 출중하고 추진력도 있고 성실한 사람이지만 자신의 이름을 드러내는 데에는 소극적인 타입이다. 나는 C에게 걸핏하면 겸손해지 말라고 말한다. 묵묵히 일만 하면 그만이라고 생각하지 말고, 어필할 기회가 있으면 꼭 어필하라고 한다. 승진할 기회가 있으면 사양 말라고. 회사에서 열심히 일해 거둔 성과는 회사의 성과이기도 하지만 '나'의 성과이기도 함을 늘 잊지 말라고.

A, B, C의 이야기는 개별 여성의 사례만이 아니다. 얼마 전 만난 문화공간 기획팀장의 얘기에 따르면, 남성 강사와 여성 강사의 차이점은 또렷해서 신기할 정도라고 한다.

"남성 강사들은 자기가 참여해온 이름난 프로젝트들을 앞세워 말해요. 유명한 사람과 함께 일한 경력도 강조하고요. '내가 이러저러한 멋진 일들을 해온 사람이다. 그러니 나의 말은 중요하다'의 흐름이죠. 그런데 여성 강사의 경우는, 자기가 했던 일이 얼마나 대단하든 간에 수업 시간에는 그에 대해 언급하기보다는 그저 강사로서 전달해야 할 내용에만 충실하려고 해요. 때로는 자기가 한 일들을 강조하면 수업 내용에도 더 신뢰가 간다든가, 수강생들의 집중도가 높아진다든가 하는 부수 효과가 있기도 할 텐데 말이에요."

어째서 여성들은 이리도 겸손한가? 앞서 내가 A, B, C를 힘차게 응원한 이야기를 했지만, 나라고 협상과 자기 어필에 능했던 것은 아니다. 두번째 회사에 입사할 때, 연봉을 얼마 받고 싶으냐는 상무님의 질문에 "뭐, 주시는 대로요"라고 대답했던 바보 멍충이가 바로 나다(군말 없이 사인한 내가 안쓰러웠는지 상무님은 내가 첫 출근하던 날 자리로 전화를 걸어 '연봉 200만 원 더 넣었다'고 알려줬다).

입사 후 1년 반 정도가 지났을 때의 일이다. 야근을 하다 남자 팀원과 연봉 이야기를 하게 됐는데 당시 차장 1년 차인 나보다 대리 3년 차인 그가 오히려 더 높은 연봉을 받고 있다는 사실을 알고는 정말 깜짝 놀랐다. 나는 실적이 무척 좋았기 때문에 회사에서 내 연봉을 전년도에 비해 1000만 원이나 더 올려주었는데도 말이다! 이후로 경각심을 갖고 관찰해보았더니 대체로 남자 직원들은 회사에 자신의 성과를 어필하고 연봉을 더 높이 부르며 협상하는 데 거부감이 없었다. 이상하게도 여자 직원들은 자신이 일만 잘하면 회사에서 알아서 성과를 인정해주리라고 믿었다. 이것도 겸손병의 일환이다. 제 입으로 말하지 않는 한 회사가 알아서 챙겨주는 일은 없다. 일을 정말 잘하는 여성들마저도 대부분 겸손병을 앓고 있다. 오죽했으면 『여자는 왜 자신의 성공을 우연이라 말할까』라는 책까지 나왔겠는가. 저자는 밸러리 영이라는 미국 사람인데, 자신의 성취를 당당히 말하지 못하는 것은 한국 여성이나 미국 여성이나 마찬가지인 듯하다.

우리는 겸손을 미덕이라고 배웠고 그것은 분명 맞는 말이겠으나, 본인의 성과를 정당하게 인정받지조차 못할 때면 꼭 미덕만은 아니다. 남성 주도의 시스템 안에서 여성의 역할과 성과는 너무도 쉽게 잊히거나 평가절하된다. 세상의 눈에는 여성들의 기여가 잘 안 보이도록 세팅되어 있다. 사회의 구조와 제도, 언어, 인식이 모두 남성을 기본으로 돌아가니까. 그럼 여성들은 어떻게 해야 할까? 더 크게 목소리를 내고, 더 많은 결정권자가 되어 보여야 한다. 그래도 여전히 세상에는 여성의 목소리가 터무니없이 부족하다. 미국연방대법원의 루스 베이더 긴즈버그(RBG라는 약칭으로 불린다)는 진보적인 성향으로 이름난 87세 여성 대법관이다. 그는 이런 말을 했다.

"'대법원에 여성 대법관이 몇 명이나 있어야 충분하다고 생각하십니까?'라는 질문을 받을 때마다 나는 '9명 전원'이라고 대답한다. 사람들은 충격을 받는다. 전원이 남성일 때는 의문조차 제기하지 않았던 사람들이."

국회, 정부, 사법부의 여성 인력 비율, 기업의 여성 임원 비율은 더 높아져야 한다. 여성은 인구의 50%니까. 이것의 달성이 그토록 지난한 것은 여성의 능력이 떨어져서가 아니라 세상의 시스템이 여성에게 우호적이지 않기 때문이다. 2018년에 불거진 국민은행과 하나은행의 성차별 채용 비리 사건은 그 점을 여실히 보여준다. 여성:남성 비율을 1:4로 맞춰놓고 들어가는 채용이라니, 입구부터 불평등했다. 그리고 실제 채용 비율은 1:5.5였다. 세상은 심하게 기울어져 있다. 여성들은 지금 겸손해하고 있을 때가 아니다.

육군사관학교는 2012년, 2013년 연속으로 여성 생도가 졸업 성적 1위를 차지하자 2015년에 성적 산정 방식을 바꾸어버렸다. 신체적 역량 등을 더 많이 반영하고 수업 성적은 기존 75%에서 50%로 줄여 반영하기로 한 것이다. 여성에게 조금이라도 유리하다 싶으면 아예 시스템을 바꾸어버리는 게 세상의 방식이다. 그럼에도 2017년에는 졸업 성적 1, 2, 3위를 모두 여성 생도가 차지했다. 나는 이 여성들이 자신의 성과에 대해 결코 겸손하지 않기를 바란다. 그들은 수많은 후배 여성 생도들에게 '되어 보였다'. 나아가 그들이 남성 위주 시스템 내에서 좀더 많은 결정권을 갖는 자리에 올라가길 마다하지 않기를 바란다. 그래서 이 편파적인 시스템의 기울기를 조금씩이라도 더 보완해주길 바란다.

여성들이여, 우리 사명감을 갖고, 겸손하지 말자. 여

성들의 말하기에 있어 내가 꼭 부탁하고 싶은 한 가지가 있다. 여러분의 성과에 대해 누군가 "잘했어요!"라고 칭찬했을 때 눈을 내리깔고 머리칼을 귀 뒤로 넘기며 "아니에요……"라고 대답할 게 아니라, 상대에게 눈을 맞추며 "고맙습니다!"라고 대답하는 연습을 했으면 좋겠다. 처음에는 어색할 테고, 상대는 순간 조금 당황할지도 모른다. 하지만 이내 익숙해질 것이다. 내가 만들어낸 성취를 당당하게 자랑스러워하고 그에 대한 인정을 기쁘게 받아들이자. 자꾸만 여성을 투명 인간처럼 지우는 사회 속에서 우리는 더 많이 눈에 보여야 한다. 부끄럽고 겸연쩍어도, 우리를 보면서 가능성을 키워갈 또다른 소녀들의 시선을 등뒤에 느끼자. 우리에겐 아직, 겸손할 권리가 없다.

- 폭로하자면, A는 『모든 요일의 기록』 『하루의 취향』 등을 쓴 김민철 작가 겸 크리에이티브 디렉터다. B는 『비커밍』 『우리 본성의 선한 천사』 등을 번역한 김명남 번역가다. C는 당시 〈W Korea〉에서 일했고 잡지계의 이름난 에디터였던 황선우 작가다. 이 글의 초고는 2017년에 썼는데, 이렇게나 유능한 사람들조차 겸손병을 앓고 있었다니 참으로 무서운 질병이다. 이제는 차도가 있지 않을까 기대해본다.

쪼란
무엇인가

성우 수업을 들을 때 선생님들이 '쪼가 생기면 안 좋다'라는 말을 자주 했다. 처음엔 대체 무슨 말인가 싶었다. 쪼? zzo? 쪼란 무엇일까? 여러 선생님들의 말을 종합해보건대 이 '쪼'라는 것은 '곡조' '성조' '명령조' 등에 쓰이는 '조調'를 뜻하는 듯했다. 구어에서는 '부탁조로 말했다' 같은 식으로 쓰이기도 하는 그 '조' 말이다. '쪼'란 상투적이고 관습적인 말투를 일컫는 속어였다. 선생님들은 이 '쪼'를 대단히 경계했다.

비슷비슷한 말을 반복하다보면 생겨나는 미묘한 어조

가 있다. 다음 유형들을 보고 각각의 말투를 흉내내보라. 또는 다른 사람에게 어떤 사람 흉내를 내고 있는지 맞혀보라고 해도 좋다.

- 라디오 디제이
- 광고 성우
- 예능 내레이터
- 뉴스 앵커
- 뮤지컬 배우
- 관광 가이드

특정한 어투가 떠오르는가? 그것이 바로 '쪼'다. 글로 치면 개성 없고 뻔한 글이 이에 해당할 것이다. 이 '쪼'가 심한 말투는 상투적이고 매력이 없다. 자연스러움보다는 관성과 습관으로 이루어진 말투다.

말하는 직업에 오래 몸담고 있으면서도 이 '쪼'에 물들지 않고, 본인의 개성을 흠뻑 드러내면서도 자연스러운 말투를 가진 사람들이 있다. 참 매력적이다. 이를테면 최화

정씨나 배철수씨의 말투. 예전에 광고회사에 다닐 적에 SK 텔레콤의 〈현대생활백서〉라는 캠페인을 만들었다. 휴대폰이 현대인들의 생활 곳곳에 얼마나 빼곡하게 자리하고 있는지를 포착해서 백서 형식으로 만든 시리즈였다. 이른바 카피라이터 잡는 캠페인의 대표 주자로서, 총 카피 개수가 360개에 이를 정도로 큰 캠페인이었다. 그중 여러 편을 TV 광고로 제작했는데 일상생활이 배경이 되어야 했기에 연예인이 아니라 일반인 스타일의 모델을 기용했다. 대신 내레이션을 유명인에게 맡기자는 아이디어가 나왔다. 목소리만 들어도 알 법한 유명인들을 고르고 골라 최화정, 이문세, 차범근 세 사람에게 성우 역할을 맡겼다. 지금은 유명인이 목소리만 출연하는 광고가 흔하지만 당시로서는 획기적인 선택이었다. 결과는 대성공이었다. 전문 성우가 녹음한 것보다 개성 있고 색다른 효과가 있었다. 세 사람의 말투를 떠올려보라. 그 말투나 톤이 쉽게 떠오를 정도로 자기만의 독특한 색깔이 있지만 상투적이거나 억지스럽게 다듬은 느낌이 아니라 자연스러운 말투다.

동거인과 나는 주말 밤이면 작은 리추얼을 갖는다. 자

정부터 새벽 1시까지 방송하는 KBS1라디오의 〈재즈 수첩〉을 듣는 것이다. 주말에만 방송하는 〈재즈 수첩〉은 재즈 칼럼니스트 황덕호씨가 진행하는데, 올해 20주년을 맞은 방송임에도 그의 말투에는 디제이 '쪼'는커녕 'ㅈ'도 없다. 대신 한 단어도 습관적으로 흘려버리지 않으며 멋부리지 않고 또박또박 말하는 정직한 목소리가 있다. 또 본인이 전문가이면서도 청취자를 내려다보는 느낌 없이 존중하는 품성 같은 것을 느낄 수 있다. 음악을 많이 듣는 편인 황선우 작가와 나는 이 프로그램을 참 좋아해서 주말 밤이면 틀어놓고 하루를, 또 일주일을 마무리한다. 나는 황덕호씨의 말하기를 들을 때마다 '쪼'에 물들지 않은 말하기란 얼마나 담백하고 듣기 좋은가, 하고 생각한다. 나도 '말하는 사람'으로서 일할 때 닳고 닳은 말 습관, 즉 '쪼'에 물들지 않고 한마디 한마디에 정성을 기울여야지, 하고 다짐하기도 한다. 그러고 보면 '쪼'의 반대말은 개성인 것도, 정성인 것도 같다.

그리고 말과 동작의 차이에 대해 생각하게 된다. 나는 어떤 일을 오래도록 반복해와서 한 치의 낭비도 없어진 동작들을 바라보는 걸 좋아한다. 잘되는 식당에서 요리하고 서빙하는 분들의 일사불란한 손동작 같은 것 말이다. 몸이 동작을 기억하고 있어 머뭇거림 없이 물 흐르듯 이어지는 움직임들. 그러나 말은 다르다. 여러 번 반복한 말이 얼마나 자동화되는지를 발견할 때면 깜짝 놀란다. 이를테면 라디오에서 매번 반복하는 "지금 바로 #0000번으로 보내주세요. 긴 문자 100원, 짧은 문자 50원" 등의 멘트나 팟캐스트에서 반복하는 "예스24가 만드는 〈책읽아웃〉은 매주 목요일과 금요일……" 같은 소개말은 언제부턴가 첫 문장을 시작하면 끝 문장까지 저절로 나와버린다. 생각하지 않아도 후루룩 말이 나올 때, 그 말은 '닳고 닳은 말'이 되어 힘을 잃기 쉽다. 동작은 하고 또 하면 숙달되지만 말은 능숙해지기를 경계할수록 좋은 듯하다. 그게 선생님들이 말했던 '쪼가 생기면 안 좋다'는 말의 뜻인 것 같다. 비슷한 말을 하더라도 흐트러지거나 흘러가버리지 않도록, 말이 제 알아서 나오지 않도록, 매번 처음 전하는 말처럼 정성을 기울여야겠다.

에
예
네
음

사람들이 '예스Yes'에 해당하는 우리말을 어떻게 쓰
는지를 관찰하면 재미있다. 우선 교과서적으로는 '예스=
네, 예'다. 그런데 영어에서도 'Yeah, Yep, Yup, Uh-huh'
등 여러 방식으로 말하듯이 우리나라 사람들도 구어에서
'네' 또는 '예'라고만 쓰지 않는다. 오늘부터 한번 관찰해보
라. 카페에서 주문에 대답할 때, 회의실에서 대화가 오고
갈 때, 상담원과 통화할 때 등등 주위 사람들이 '네/예'를
어떻게 쓰는지를.

우선 얼마나 많은 사람들이 "에, 에"라고 대답하는지

발견하면 깜짝 놀랄 것이다. 심지어 본인도 잘 모르는 경우가 대부분이다. 캐주얼한 '네/예'라고 볼 수도 없는 게, 편한 사이가 아니라 어려운 자리에서도 "에"라고 답하는 사람을 많이 보았기 때문이다. '네'나 '예'보다 '에'는 더 편하게 발음할 수 있으니 일종의 지름길이기도 하겠다. 축약어가 수없이 생겨나는 이 빠른 시대의 산물일까? 친한 사이에서야 괜찮겠지만 좀더 예의를 갖추어야 할 때는 신경써서 발음하는 게 더 좋지 않을까 싶다.

'예'를 아주 정확히 발음하는 경우는 주로 뉴스 같은 각 잡힌 방송에서인데, JTBC 〈뉴스룸〉의 손석희 전 앵커는 '예'라고 정확히 말하다못해 '이에'라고 발음했다. 'ㅖ'는 이중모음이니 틀린 발음이라기보다는 힘주어 발음하는 느낌인데 그의 '이에'는 면도날처럼 날카롭게 들린다. 〈뉴스룸〉에 기자를 불러 대화를 주고받으며 보도를 할 때면 꾹꾹 눌러 말하는 "이에"라는 대답이 취재의 정확성을 인증하는 도장 같았다. 반면 문화계 인사를 인터뷰할 때는 딱 자르는 '이에'가 분위기를 딱딱하게 만들어버려 썩 잘 어울리지 않았다. 비록 한 음절의 대답에 불과하지만 대화의 분위기에 꽤나 영향을 미치니 신기하다. 호텔리어나 서비스직 등 고객 응대 교육을 받은 분들도 '예'를 많이 사용한다. 일상생활에서 '예'라는 정확한 발음을 들으면 그야말로 '예禮'를 갖추어 말하는 느낌이라 오히려 신선할 때도 있다. 예전에 어느 나이 지긋한 분과 통화 끝에 그분이 훨씬 어린 나에게 "예, 선생님. 들어가십시오"라고 말씀하셨던 게 아직도 기억이 난다. 순간적으로 시간의 감각이 달라지는 느낌이었다. 군대식 "예!"처럼 짧은 대답이 아니라 [예:]라는 장모음을 충분히 살려 말하면 참 멋스럽다. 요즘 나를 포함해 주위 친구들이 '예'의 장모음을 정확히 쓸 때는 "아 예~ 예~" 하고 굽신거리는 느낌을 강조해 농담할 때밖에 없다.

'네'와 '예'는 복수 표준어라서 쓰임새는 정확히 같으나 뉘앙스는 조금 다르다. 사전에 '예'는 장모음으로 나와 있는데 '네'는 단모음이다. '예'보다는 '네'가 더 발음하기 쉽고 짧기 때문에 조금 더 현대적이고 가벼운 느낌을 준다. 그렇다고 '네'가 예의에 어긋나는 것은 아니고, 그저 선택의 문제다. 저마다의 '네'를 관찰해보면 흥미롭다. 사람들은 통화할 때 자기도 모르게 '네'를 여러 번 붙여서 말하곤 한다. 일단 '네'를 복수로 사용하기 시작했다면 더 공손해야 할 때나 강조할 때 '네'의 군집을 늘리는 방식으로 나아가게 된다. "네네…… 네네네…… 네네네네!" 이런 식으로. 네의 크레센도 현상이랄까.

나의 경우에는 '예'보다는 '네'를 선호한다. 다만 '네'를 장모음으로 발음하는 경향이 있다. 짧게 '네'라고 하면 상대의 말 호흡을 재촉하는 것 같아서다. '네/예'는 꼭 긍정의 대답에만 쓰이지는 않는다. 듣고 있음을 뜻하는 추임새로도 쓰인다. 상대가 말할 때 고개를 끄덕이는 것과 같은데, 라디오나 팟캐스트는 동작이 보이는 게 아니니 나는 중간중간 "네, 네" 하고 추임새를 넣곤 한다. 청취자들에게도 내가 열심히 듣고 있다는 신호를 주면 같이 열심히 듣게 된다고 믿는데다가, 한 사람의 음성만 단조롭게 이어지는 것보다 그편이 조금 더 생동감 있게 들리기 때문이다. 그런데 '네'는 여러 번 삽입되면 상대의 말을 끊는 느낌이 들어서 그다음부터는 "음~ 음~" 하는 소리를 내곤 했다. 영어의 'Uh-huh' 'Mm-hmm'처럼. 그랬더니 이번에는

'응~ 응~' 하고 반말로 대답하는 것 같아서 조금 건방진 느낌이 들었다. 남들은 전혀 신경쓰지 않는 문제일 수도 있지만, 나는 나름대로 미세하게 오늘도 조금씩 연구 중이다. 나는 '연주자'니까.

최고의 안주는
대화

　대학 시절 친하게 지내던 우리 넷은 모두 맥주를 좋아
했다. 하긴 그 나이대에는 맥주파가 단연 우세하다만……
한 잔이 두 잔이 되고 두 잔이 열 잔이 되도록 맥주를 들
이부으며 수다와 토론과 예찬과 다짐과 축하를 나누었다.
그 시절 우리에겐 이야깃거리가 넘쳤고 시간도 많았으며
밤을 새울 체력도 있었다. 그리고 긴 시간을 보내는 데는
역시 맥주가 최고였다.

　세월이 흘러 우리는 모두 직장인이 되었다. 돈을 벌
고 다양한 경험을 쌓다보니 취향도 달라졌다. 한 달에 일

정 금액을 모아 가끔 맛있는 식당에서 만나 회포를 푸는 이른바 '먹자계'가 결성되었다. 그리고 으레 와인을 곁들였다. 한 친구는 외국에서 와인을 공부하고 오기도 했다. 부케와 아로마가 어떻고 바디감이 어떻고 평을 해가며 와인을 음미했다. "얘들아, 역시 와인이 맛있지 않니? 향긋하고." 누군가 이렇게 말하면 모두가 고개를 끄덕이며 수긍했다.

그렇게 자리를 접을 무렵이면 누군가 제안했다. "이대로 끝내긴 아쉽지 않아? 우리 입가심으로 맥주 딱 한 잔씩만 할까?" 아뿔싸. 그러면 한 잔이 두 잔이 되고 두 잔이 열 잔이 되고…… 결국 남편들이 데리러 올 때까지 맥주를 들이붓게 되었다. 그렇다. 아무리 취향이 넓어졌어도 우리는 여전히 맥주를 사랑하는 것이었다(사실 이것도 30대 시절의 얘기다. 이제 각자 육아로 바쁜 이 친구들은 아주 가끔 주말 낮에 아이들을 남편에게 맡겨놓고 나와 레스토랑에서 잽싸게 맥주를 몇 잔 곁들인 뒤 돌아가곤 한다).

언젠가 위스키에 대한 칼럼을 의뢰받고 이렇게 썼다. "나는 술로 절기를 나눈다. S/S 시즌엔 맥주를 마시고, F/

W 시즌엔 위스키를 마신다." 지금 생각해보니 아니다. 나는 F/W 시즌엔 맥주를 일단 마시고 나서 마무리로 위스키를 마신다. 그러니 사시사철 여전히 맥주를 마시는 셈이다.

한번은 "가장 선호하는 주종과 안주는 무엇인가요?"라는 질문을 받았다. 내가 가장 선호하는 안주는 대화다. 좋아하는 친구들과 얘기를 주고받는 게 사실은 술보다 더 좋다. 그렇기에 가장 선호하는 주종은 또다시 맥주가 된다. 이때 맥주는 너무 맛있으면 안 된다. 여기서 '맛있다'는 말은 너무 화려한 풍미가 있거나 복합적인 향이 가득해서 맥주를 음미하는 데에 주의를 빼앗길 정도가 된다는 뜻이다. 대화가 좋은 안주일 때 곁들일 맥주는 단순하고 깨끗한 맛의 라거가 좋다. 마치 맑은 차를 마시듯, 간간이 목을 축이고 적당히 조금씩 취기를 더해가야 하기 때문이다. 여러 잔 마셔도 부담 없는 가격이어야 한다는 점도 중요하다. 그래야 오랜 시간 술에 신경쓰지 않고 즐거운 대화를 나눌 수 있을 테니까.

그래서 내가 축하받을 일로 술자리가 마련되면 곤란해진다. 나는 사실 술을 좋아하기는 해도 술이 센 편은 아니어서 맥주를 적당한 리듬으로 마셔야 대화를 나눌 수가 있는데, 내가 축하받느라 몇 번 연달아 건배를 하고 나면 이내 곯아떨어져버리고 말기 때문이다. 물론 스스로 신이 나서 사태를 자초하는 경향도 있다. 내가 주인공인 날인데 걸핏하면 제일 먼저 쓰러지니 이거 영 면이 안 선다.

술 마시면서 두런두런 대화 나누는 걸 좋아하다보니 오랜 술친구와는 했던 얘기를 또 할 때도 많을 것이다. 언젠가 친한 친구와 술을 마시며 늦도록 얘기를 하던 중에, 내가 예전에 했던 얘기를 다시 하고 있다는 걸 깨달았다. "어? 이 얘기 내가 너한테 하지 않았던가?"라고 물으니 친구가 "응, 했어" 한다. "왜 말 안 해줬어? 지겹잖아, 들었던 얘기. 이러다 나 나이들면서 했던 얘기만 하고 또 하게 되면 어떡하지? 무섭네." 나는 이때 친구가 취해서 어눌한 말투로 했던 대답을 잊지 못한다. "야…… 그러면 좀 어떠냐?" 그 말이 그렇게 따뜻하고 고마울 수 없었다.

앞으로도 나는 좋은 친구들과 단순하고 깨끗한 맛의 맥주로 목을 축이며 수다와 토론과 예찬과 다짐과 축하를 나눌 것이다. 때로는 했던 얘기를 또 하기도 할 테고, 축하

를 받고 먼저 곯아떨어지기도 할 테지. 그럴 친구들이 있다면, 또 맥주가 부족하지 않게 있다면 우리는 쉽게 행복해질 것이다.

침묵에
대하여

대화가 잘 통하는 사이는 참 소중하지만 그보다 더 좋은 것은 침묵을 나눌 수 있는 사이다. 이런 침묵은 몇몇 가깝고 특별한 사이에서 일어나는 대화의 한 형태다. 함께 나눈 수많은 대화와 함께 보낸 수많은 시간의 결과로, 우리 사이에는 실핏줄을 닮은 무언의 통로 같은 것이 생겨나 있다. 적어도 서로를 오해하지 않으리라는 신뢰와, 무언가를 함께 나누려는 마음이 거기 있음을 안다. 우리보다 압도적으로 큰 것들—아름다움, 장엄함, 벅참, 슬픔, 일상 등등— 앞에서 작아지는 순간들에 침묵이 깃들곤 한다.

이를테면 유독 아름다운 노을을 나란히 바라볼 때, 말은 점점 잦아들고 조금씩 침묵이 차오른다. 때로는 이 와인처럼 감미로운 침묵을 서로에게 천천히 따라주는 것도 같다. 어떤 침묵은 타르처럼 굳어가면서 벗어나고픈 압박감으로 변한다. 이 침묵이 그런 종류가 아님을 우리는 잘 알고 있다.

말을 잇지 못하는 순간은 말로 담아낼 수 없기에 찾아온다. 의미와 경계, 한 줌 언어의 납작한 정의가 사라지고 그 자리에 침묵이 촘촘히 들어찬다. 저 낮은 곳에서부터 서서히 차오른 침묵은 마침내 흐르기 시작한다. 가끔 마주치는 눈빛, 작은 한숨만으로도 충분하다. 굳지 않고 흐르는 침묵은 대화의 완벽하고 더 차원 높은 연장이다. 침묵은 상상하게 하고 우리를 겸손하게 한다. 침묵은 공空이고 모든 것을 받아들이게 한다. 좋은 침묵은 각자를 고독 속에 따로 가두지 않는다. 우리는 침묵에 함께 몸을 담근 채 서로 연결된다. 동시에 침묵함으로써 비로소 서로를 듣는다. 침묵 속에서 고독은 용해된다.

짧게나마 완벽한 침묵의 대화를 나눈 사람들은 은빛

실핏줄로 이어져 있다. 인생의 아름다운 순간에, 누군가 했던 말은 기억 속에 새겨지지만 우리가 나눈 침묵은 심장에 새겨진다.

그런 것까지
굳이 말로
해야 됩니다

"아니, 말을 하지 그랬어?"

"그런 걸 꼭 말로 해야 돼?"

한국 사람들이 수도 없이 나누는 대화다. 한국말 '눈치'는 외국어로 번역하기가 까다로워, 위키피디아 영어판을 보면 'nunchi'라는 단어의 뜻을 길게 설명해놓았다. 눈치는 아시아 문화권처럼 사람과 사람 사이의 관계가 조밀하고 중요한 곳에서 발달하는 기술로, 상대방이 말을 꺼내지 않아도 그 기분이나 의도를 알아차려 전체의 조화를 해치지 않도록 하는 능력을 의미한다('kibun(기분)' 역시

'nunchi'와 밀접한 관계인 단어로 소개되어 있다).

"오늘 저녁에 뭐해?"

"왜?"

한국에서는 자연스러운 대화다. 오늘 저녁에 뭐하냐는 물음에 나의 일정을 말하는 걸로 대답하지 않고 상대의 의도가 있으리라 넘겨짚어 되묻는다. 상대가 말을 해도 곧이곧대로 듣지 않고 그 이면에 깔린 의중을 미루어 짐작하는 것. 이것이 한국식 대화에서 눈치의 핵심이다. 나 또한 한국에서 나고 자랐으므로 다른 나라 사람들에 비해 눈치라는 기술을 많이 발전시켰을 것이다. 그러나 나는 이 기술이 때로 너무나 피곤하다.

언젠가 '영어권에서는 상대가 말을 못 알아들으면 그 책임이 발화자에게 있기 때문에 상대가 알아들을 때까지 몇 번이고 정확히 설명해줄 의무가 있다'는 말을 듣고는 무릎을 쳤다. 발화자의 책임과 의무! 그 말로 인해 마치 머릿속에 오랫동안 끼어 있던 먹구름이 싹 걷히는 것처럼 내가 그때까지 무척 비합리적이라고 느꼈던 점이 무엇인지 명료히 깨달았다. 한국말은 말하는 사람에게 책임이 있지 않고 듣는 사람에게 책임이 있다. 그리고 듣는 사람은 상대가 말하지 않는 것까지 들어야 한다. 게다가 이 책임은 주로 관계에서 지위가 낮은 사람에게만 지워진다. 그러니 내가 관계에서 높은 지위를 차지하면 나는 말하지 않아도 사람들이 '눈치껏' 나의 비위를 맞추게 된다(물론 상대가 어려워서 차마 말하지 못하는 것, 또는 나를 위해 상대가 굳이 말하지 않는 것을 알아차리는 것은 높은 차원의 능력이다. 그것은 때때로 대화와 관계를 아름답고 풍성하게 하지만, 그것만으로 이루어지는 대화나 관계는 인간계에서는 불가능하다).

한국인이 눈치라는 기술을 고도로 발전시켰다 하더라도 눈치에는 명백히 한계가 있다. 그렇지 않고서야 "그런 걸 꼭 말로 해야 돼?"라는 말이 이렇게나 넘쳐나겠는가? 내가 뭘 원하는지 콕 집어 말하지 않아도 상대가 알아채주길 바라는 마음도 어느 정도 선이 있지, 갈등으로 번질 때까지 말하지 않으면 서로간에 불필요한 감정만 소모될 뿐이다.

제발 말을 하자. '그런 것까지 굳이' 말로 해야 한다. 인류의 대뇌피질과 브로카 영역이 아깝지도 않은가! 말이라는 효율적으로 발달한 도구가 있는데 왜 말을 안 해놓고 상대가 알아주길 바라는가. 마치 정교한 손가락을 두고 지느러미나 발굽을 쓰려는 것과도 같다. 상대가 내 마음을 모른다면, 말하지 않은 나의 책임이다. 광고 삽입곡으로 널리 알려진 "말하지 않아도 알~아요"라는 노래는 정겹게 느껴질 때도 있지만 한국 사회에 끼치는 해악도 만만찮다. 말하지 않으면 상대는 모른다고 가정해야 제대로 된 대화가 시작된다. 그리고 상대를 자꾸만 미루어 짐작하며 발언의 숨은 의도를 캐내려고 하는 사람들은 정말 피곤하다. 상대는 당신이 미루어 짐작할 수 있을 만큼 납작한 세계가 아니다. 상대의 의중을 알아내려 끙끙대는 사람보다는, 하는 말을 담백하게 듣되 의아한 게 생기면 확인을 하는 사람이 나는 더 좋다. 우리, 양지에서 대화를 하자.

원하는 바를 정확히 말하는 연습만 하더라도 커뮤니케이션의 질은 훨씬 나아진다. 더욱 중요하게는 마음에 응어리가 덜 지고, 상대나 주위 사람들을 원망하지 않게 된다. 나의 경우 상대를 원망하거나 미워하는 마음이 쌓여갈 때, 그게 많이 쌓여서 덩치가 커지기 전에 상대에게 직접 말하는 연습을 했다. 대신 감정을 싣지 않고 예의를 갖춰서 말하려고 노력했다. 지금까지 그렇게 말해서 관계가 나빠진 경우는 없었고, 오히려 관계가 더 단단해졌다. 내가 그렇게 말함으로써 상대도 나 때문에 불편함을 느꼈을 때 부담없이 말할 수 있게 되어, 나 또한 대인관계에서 좋은 피드백을 얻게 되었다.

관계를 정말로 존중한다면 그에 들여야 하는 노력은 예의를 갖춰 정확히 말하려는 노력이지, 참고 또 참는 것이 아니라고 생각한다. 내게 전자는 느슨해진 나사를 조이고 기름을 쳐서 관계가 오래가게끔 정비하는 것이고, 후자는 쉽게 나을 수도 있었던 상처들을 덮고 덮어 곪게 하는 것이다. 그뿐 아니라 '나만 참으면 된다'는 생각은 착각일 경우가 많다. 그럴 경우 대부분 상대도 나를 참아내고 있을 것이다. 어떻게 아느냐고? 예의를 갖춰서 정확히 말을 꺼내보라. 그럼 당신도 알게 될 것이다.

설득은
매혹을
이기지 못한다

TV에서 '아이들이 책을 읽게 하려면 부모가 먼저 책 읽는 모습을 보여야 한다' 같은 얘기가 나오면 엄마는 "저거 다 거짓말이다"라고 한다. 내가 어릴 적부터 나의 부모님은 주구장창 책을 읽어왔다. 아빠는 문학 선생님이었고 아빠보다 더 다독가인 엄마는 아이 둘을 낳고도 깨알 같은 세로쓰기로 된 세계문학전집을 읽어댔다. TV에서 말하는 이론에 따르면 자식들은 자연스레 책에 흥미를 보여야 하나 나와 오빠는 책에 대한 태도가 전혀 달랐다고 한다. 나는 책을 꽤나 좋아하는 편이었는데 오빠는 그렇지가 않앗다. 책에 좀 흥미를 붙여주려고 흥미진진한 추리소설 같은 걸 사주면 어린 내가 먼저 열광하며 읽고는 범인을 말하고 싶어 안달인 반면 오빠는 별반 반응을 보이지 않았다는 것이다. 그걸 보며 엄마는 책을 좋아하는 취향 같은 것은 누가 본을 보이건 말건 간에 타고나는 게 아닐까 하고 생각했다.

세월이 흐르자 오빠의 취향은 책이 아니라 영화와 여행으로 드러났다. 40대 중반의 직장인이며 아이 둘의 아빠인 오빠는 걸핏하면 온 가족을 싣고 전국 방방곡곡으로 여행을 다닌다. 주말이면 조조영화부터 하루에 두 번씩도 극장에 가고 자신만의 DVD 컬렉션을 쌓아가는 사람이 되었다. 그런 오빠를 흥미롭게 관찰하며 엄마는 내게 이렇게 말했다.

"그래, 세상을 이해하는 도구는 사람마다 다른 것 같아. 그게 꼭 책일 필요는 없지."

내가 어릴 적부터 책을 좋아하게 된 또 한 가지 중요한 요인은 아무도 내게 책을 읽으라고 강요하지 않았다는 점이다. 부모님은 내가 책을 읽거나 말거나 별로 신경쓰지 않으셨다. 친구네 집에 가면 번듯한 명작 동화 전집들이 꽂혀 있곤 했는데 나는 신이 나서 이것저것 꺼내서 읽었지만 정작 그 친구들은 몇 권 빼고는 손도 안 대는 경우가 많았다. 우리집에는 동화 전집 같은 게 없었고 엄마 아빠가 보는 어른용 책들만 많았다. 나는 읽었던 책을 읽고 또 읽으며 시간을 보냈다. 그래도 재미있었다. 책을 읽으라고 강요하는 분위기는커녕 책 읽기를 칭찬하는 분위기도 전혀 아니었기 때문에 나는 책을 숙제 같은 것이 아닌 친구처럼 여길 수 있었다.

지금도 그렇지만 어릴 적 나는 더더욱 '시키면 안 하는' 스타일이었다. 초등학생 시절 6년 내내 숙제를 한 번도 안 해가서 선생님한테 혼나곤 했다. 당시엔 체벌이 있어서 손바닥에 멍이 들 정도로 맞기도 했건만 그런데도 왜 숙제를 안 했는지는 지금도 잘 이해가 안 간다. 누구에게나 조금씩은 그런 성향이 있을 것이다. 방 꼴이 엉망이라 더이상은 도저히 안 되겠다 싶어 막 방 청소를 시작하려다가도 마침 그때 문을 연 엄마나 아빠가 "너 방 꼴이 이게 뭐야! 청소 좀 해라!" 하고 잔소리를 하면 딱 하기 싫어지는 것. 그렇지 않은가? 누구나 시키는 일은 하기 싫어지는 법이다.

　광고와 브랜딩을 하면서 얻은 큰 깨달음 중 하나는 '설득은 매혹을 이기지 못한다'는 것이었다. 사람들은 그것이 옳다고 이성적으로 설득되어서 움직이기보다는 일단 매혹된 것에 이성적인 듯한 이유를 갖다붙이려는 심리가 있다. 이런 심리 작용이 드러난 에피소드가 마크 트웨인의 『톰 소여의 모험』 중 페인트칠 이야기일 것이다. 화창한 날 친구들이 놀러가는 동안 톰 소여는 벌로 담장에 페인트칠을 해야 했다. 약올리려는 친구 벤 앞에서 톰은 페인트칠이 너무 재미있어서 심취한 듯한 제스처를 취한다. "나 한 번만 칠해볼게"라는 벤에게 안 된다고 거절하기까지 한다. 점점 '정말인가?' 싶어진 벤은 결국 뇌물로 사과까지 바치면서 페인트칠을 자청해서 하게 된다. 나중에는 친구들이 여럿 와서 뇌물을 줘가며 너도나도 신이 나서 페인트칠을 하는 통에 톰 소여는 담장을 여러 번 덧칠까지 해서 임무를 완수하게 된다. 만약 여기서 톰이 벤에게 "너도 페인트 한 번 칠해봐! 정말 재미있을걸?"이라고 먼저 제안했다면 벤은 콧방귀도 뀌지 않았을 것이다. 여기서 얻을 수 있는 교훈은 1. 사람들은 재미있어 보이는 것에는 사례를 지불해 가면서까지 하려고 든다. 2. 누가 시키면 하기 싫지만 같은 일도 자발적으로는 기꺼이 한다.

다독가 중의 다독가이자 평생을 도서관지기로 살았던 아르헨티나의 위대한 작가 호르헤 루이스 보르헤스는 이렇게 말했다.

"우리는 즐거움을 위해서 책을 읽어야 해요."

『개인주의자 선언』『미스 함무라비』의 저자 문유석 작가님이 〈책읽아웃〉에 나오셨을 때 이야기 나눈 신간의 제목은 『쾌락독서』였다. 문유석 작가님이 평생 즐거움을 위해 읽어온 책들을 다룬 책이었다. 엄마는 이 책이 나왔을 때 제목을 보고는 내게 "하나야, 이게 바로 우리가 평생 해온 얘기 아이가?"라고 했다. 그렇다. 우리는 즐거움을 위해 책을 읽어야 한다.

그래서 나는 도서 팟캐스트를 진행하면서 절대 하지 않는 말이 있다. 그건 바로 책 읽으라는 잔소리다. '여러분 책을 많이 읽어야 합니다' '베스트셀러 말고 고전을 읽으세요' '책을 많이 읽으면 길이 보입니다' 같은 관습적인 말은 오히려 책을 숙제처럼 여기게 하는 잔소리들이다. 나의 오빠가 애호하는 영화와 비교해보자. '여러분 영화를 많이 봐야 합니다' '지금 흥행하는 영화들 말고 고전 영화를 보세요' '영화를 많이 보면 길이 보입니다'…… 영화 전공 학생이 아니고서야 이런 말을 자주 듣지는 않는다. 하지만 사람들은 다양한 영화들을 자발적으로 즐긴다. 오빠가 주말 아침 일찍 일어나 조조 영화를 보러 가게 하는 힘은 그런 잔소리에서 나오지 않는다. 나는 책 읽기 자체를 교양의 척도로 삼고 관습적으로 남에게 책 읽기를 권하는 말들이 정작 사람들을 책에서 멀어지게 하는 잔소리라고 생각한다. '책책책 책을 읽읍시다!' 같은 말들 말이다. 세상에는 위대한 책도 있고 안 읽는 게 차라리 나은 책도 있다. 고상한 책도, 지적인 책도 있겠으나 책을 읽는 행위 자체는 고상할 것도 지적일 것도 없다. 내게 책 읽기는 어디까지나 즐거운 취미이고 엔터테인먼트다. 어렵고 두꺼운 책을 읽어나가는 것도 암벽등반 같은 재미를 준다. 암벽등반이 누가 시켜서 하는 고행이 아니듯, 책 읽기도 스스로가 재미있어서 하는 것이다.

　책 읽으라는 잔소리를 일절 하지 않지만 놀랍게도 〈책 읽아웃〉의 '영업력'은 엄청나다. 박서련 작가님은 어느 날 본인의 저서인 『체공녀 강주룡』의 판매 지수가 솟구친 것을 보고 이게 무슨 일인가 했더니, 전날 '삼천포책방'에서 이 책을 재미있게 소개했기 때문이더라고 말씀하신 적이 있다(〈책읽아웃: 김하나의 측면돌파〉 85-2 '도덕과 노동과 운동' 편). '삼천포책방'에서 우리는 그저 각자 재미있게 읽은 책을 가지고 와서 마치 어제 본 드라마 얘기하듯 신나게 책 수다를 떨 뿐이다(아무도 드라마를 많이 보라고 권하지 않아도 사람들은 드라마를 열심히 본다). 우리의 목표는 책 판매고를 올리는 것도 아니고, 독서를 권장하는 것도 아니다. 우리끼리 책 놓고 떠드는 수다가 이렇게나 재미있다는 걸 보여줄 뿐이다. 그런데 청취자들은 왠지 모르게 우리의 책 수다를 들으면 나도 얼른 그 책을 읽고 이 수다에 동참해야겠다는 욕구가 들끓는다고 한다. 이것이 바로 우리 '영업력'의 비밀이다. 잔소리는 할 필요가 없다. 마치 톰 소여의 페인트칠처럼. 설득은 매혹을 이기지 못한다.

내가
좋아하는
목소리

(식상하지만) "무인도에 가져갈 단 하나의 책은?"이라
는 질문에 (역시 식상하지만) "칼 세이건의 『코스모스』요"라
고 대답한 적이 있다. 1980년에 출간된 이 방대한 책은 당
시까지의 과학적 발견들에 대한 광범하고 유려한 안내로
크게 사랑받았고 지금까지도 과학 교양 부문 베스트셀러
자리에서 내려오지 않고 있다. 이후로도 세월이 꽤 흘렀으
니 최신 과학 지식을 얻으려면 다른 책을 보는 게 낫겠지
만 이 책에는 그만의 독보적인 미덕이 있다. 칼 세이건의
글은 과학적 지식을 다루는 동시에 아주 문학적이어서 이

야기의 전개와 문장의 풍미를 즐기기에 더없이 훌륭하다. 만약 무인도에 혼자 남아 평생 살아가야 한다면 『코스모스』를 뒤적이면서 별과 파도와 흙과 동식물, 미생물에 대한 관심을 놓치지 않는 것도 좋을 테고(물론 그들과 다르지 않은 우주의 티끌로서 내 존재의 무상함을 상기하는 것도 좋겠고), 또 그저 흥미롭고 아름다우며 두꺼운 읽을거리로서 즐기기에도 더할 나위 없을 것이다.

『코스모스』는 책과 13부작 TV 다큐멘터리가 함께 제작되었다. 엄청난 시청률을 기록했던 이 다큐멘터리에는 칼 세이건이 직접 등장해 이것저것을 안내하고 설명한다. 여기서 칼 세이건의 내레이터 역량이 폭발한다. 유튜브에서 'Carl Sagan Cosmos'를 찾아보면 전편을 볼 수 있고 짧은 클립들도 많다. 책 『코스모스』의 문장이 유려한 것처럼 다큐멘터리 〈코스모스〉의 문장도 그러한데, 이것은 칼 세이건의 목소리로 들을 때 이루 말할 수 없이 강력해진다. 그의 살짝 비음 섞인 목소리와 말투는 지성적이고 따뜻하며 때로 열정에 넘치고 종종 드라마틱하다. 속도와 높낮이, 포즈의 사용, 리듬감 등 모든 면에서 매혹적인 말하기다. 그것이 가장 강렬하게 구현된 것이 바로 그 유명한 '창백한 푸른 점Pale Blue Dot' 스피치일 것이다. 3분 30초가량의 내레이션을 듣는 것만으로도, 영어를 잘 알아듣지 못하더라도, 그것은 와닿고야 만다. 어떤 신념과 에너지로 둘러싸인 지성의 핵이 혜성처럼 빛나는 꼬리를 끌며 날아와 우리 마음의 벽을 부수고 들어온다('창백한 푸른 점' 스피치는 유튜브에 있고 그 내용은 위키피디아에 나와 있으므로 꼭 듣고 읽어보시기 바란다).

나는 한 사람이 지닌 말의 힘에 대해 생각할 때면 거의 항상 칼 세이건을 떠올린다. 말은 베고 부수고 찌를 수 있고 또한 적시고 스미고 이끌 수도 있다. 때로는 수많은 사람의 마음으로 침투해 영원한 변화를 만들어낼 수도 있다.

*

유명 유튜버인 '햄튜브'님이 이런 말을 했다고 한다.

"나는 그게 슬퍼요. 케이트 블란쳇 자식들이, 케이트 블란쳇의 성을 따라가지 않는 게 너무 슬퍼요. 남편 이름이 앤드루 업톤이거든요? 근데 블란쳇이란 성이 더 멋있지 않아요? 블란쳇이 더 많았으면 좋겠어, 이 세상에."

이 말에 고개를 끄덕일 사람들이 많지 싶다. 호주제 폐지를 위해 부모성함께쓰기운동에 참여한 사람들도 많고 그 운동은 호주제 폐지라는 유의미한 성과를 이끌어냈지만, 여전히 새로 태어나는 아기의 성은 부계만을 따르는 것이 일반적인 일로 여겨진다. 현대사회에서 부성주의의 폐해를 이야기하는 건 의미 있는 일이지만 사람들의 관습을 설득으로 바꾸기는 어렵다. 그런데 세상에는 케이트 블란쳇이 있다. 저 눈부시고, 용감하고, 지적이고, 유머러스하고, 위엄 있는 존재가 있다. 그런데 케이트 블란쳇의 자식들이 '블란쳇'이라는, 흔치 않고 발음도 근사한 성을 두고 '업톤'을 따라야 한다니 그건 왠지 천륜을 거스르는 일 같다. 이런 '현실 왜곡장'을 만드는 것이 바로 존재의 힘이다.

그 이름도 근사한 케이트 블란쳇은 체구가 당당하고 아름다우며 대단한 연기력에다 작품 선택도 현명하고 과감해 압도적인 존재감을 내뿜는다. 그리고 그 존재감의 성벽을 튼튼히 지탱하는 것은 바로 목소리다. 지적이고 또렷

한 저음의 목소리. 신경증적인 파산자든(《블루 재스민》), 위엄 있는 여왕 또는 요정 여왕이든(《엘리자베스》 〈반지의 제왕〉), 심지어 밥 딜런이든(!)(《아임 낫 데어》) 케이트 블란쳇의 목소리 연기는 다양한 변신을 거듭하면서도 미세한 디테일에 이르기까지 특유의 장악력을 놓치지 않는다. 케이트 블란쳇이 출연한 영화를 보고 있으면 항상 목소리에 마음을 빼앗기게 된다.

특히 칸영화제 심사위원장으로서 다른 여성 영화인들과 레드카펫 위에서 성명을 발표하던 때에는 '목소리를 낸다'는 것의 의미를 새삼 짜릿하게 느낄 수 있었다. 영화감독 아네스 바르다와 함께 발표한 성명에서 그는 이렇게 말했다.

"이곳에 82명의 여성이 모였습니다. 이는 1946년 첫 칸영화제가 열린 이래 이 계단을 올랐던 여성 감독의 수입니다. 같은 기간 남성 감독은 1688명이 이 계단을 올랐습니다. 이 세계적 명성의 영화제가 71년을 이어오는 동안 심사위원장을 맡은 여성은 12명이었습니다. 고귀한 황금종려상은 이름을 열거하기에도 벅찬 71명의 남성들에게 주어졌고, 단지 2명의 여성만이 그 상을 받았습니다."

케이트 블란쳇의 목소리는 단단했다. 남성 위주의 세상에서 여성으로서, 또 배우로서 한편 한편의 영화를 선택하고, 장면 장면 최선을 다해 연기했던 시간들이 그를 그곳에 데려다놓았다. 불평등에 대해 목소리를 내고 다른 이들과 손을 맞잡음으로써 그 목소리는 더욱 큰 울림으로 퍼진다. 때로 목소리의 힘은 그의 온 인생으로부터 온다.

누구에게도
상처 주지 않는
말들

〈책읽아웃〉 '어떤 책임' 코너에서 캘리님이 『아파도 미안하지 않습니다』라는 책을 소개했을 때 나는 좀 놀랐다. 사람들이 자주 쓰는 표현들이 질병을 앓는 이들을 소외시킬 수 있다는 지적이 나왔다. 흔히 "건강하세요"라는 말을 많이 한다. 상대가 건강하기를 바라는 마음을 전하는 것은 나쁘지 않겠으나 "건강을 잃으면 다 잃는 거야"처럼 건강지상주의로 흐르는 말들은 질병을 앓는 사람들을 패배자로 만들어버린다는 것이다. 건강하지 않은 사람들도 사랑을 하고 즐거움을 느끼고 노력하고 성취도 이룬다. 따라서 '건강을 잃으면 다 잃는 거야'라는 말은 그들의 삶과 이야기를 송두리째 납작하게 만들어버리는 표현이다. 뿐만 아니라 "긍정적이네. 아픈 사람 같지 않아" "난독증이냐?" "암 걸리겠네" 같은 말들 또한 혐오가 담긴 표현이라고 했다. 머릿속에서 뭔가가 파사삭 깨지는 느낌이 들었다. 여러 가지로 생각해볼 이야기였고, 나의 언어 사용에 중요한 업데이트였다.

나는 내 말이 누군가를 소외시키거나 배제하지 않도록 꽤나 열심히 노력해왔다고 생각했는데 여전히 생각지 못한 부분이 남아 있다. 사실 그것은 당연하다. 말은 생물이어서 말과 말을 둘러싼 맥락은 내가 죽는 날까지 계속해서 변화할 것이고 나는 힘닿는 한 업데이트를 계속해야 할 것이다. 2020년의 교양인이라면 당연히 그렇겠지만 나는 '×신' '귀×거리' '벙×리' '절름×이' '앉은×이' 같은 말을 입에 담지 않는다. 장애인 혐오 표현이기 때문이다. '처녀작' '미망인' '여의사, 여선생, 여직원, 여군, 여류 작가' 따위의 말도 쓰지 않는다. 여성 혐오 표현이기 때문이다. '유모차' 대신 '유아차'를 입에 붙이는 데 성공했다. 성 중립적 표현이기 때문이다. '애완동물' 대신 '반려동물'이 완전히 자리잡은 듯해서 기쁘다. 유기 동물과 동물권 문제에 관련해 더 나은 표현이기 때문이다. 혐오 표현은 아니지만 '혼혈'이라는 말도 쓰지 않기로 했다. '순혈'이나 '단일 민족'이라는 개념은 불가능할 뿐 아니라 불건강하다고 여기기 때문이다. 나는 21세기의 지성이란 스스로의 말이 여성, 약자, 소수자, 장애인 들을 소외시키지는 않는지 점검할 수 있는 능력을 포함한다고 생각한다. 나아가서는 지구의 모든 생명과 지속 가능성을 위해 더 나은 표현을 고를 수 있는 능력도.

옛날에는 지식이 책에 적힌 글자 같은 것으로 전수되었다. 물론 책은 귀한 것이었고 글자 또한 지배계급의 전유물이었다. 책과 글자가 보편화되고 매스미디어가 발달한 최근까지도 지식을 생산하고 전파하는 중심에 있는 자들은 대부분 강력한 지배계급, 쉽게 말해 '백인/남성'이었다. 지식이란 백인/남성의 말과 생각을 받아들이고 기억하는 것을 의미했다. 그러나 인터넷과 기술의 발전은 이제 그 권력을 중심이 아닌 변방과 온갖 경계 지대에서부터 와해하고 있다. 스마트폰 탄생 이후 모두가 자기의 이야기를 내어놓는 시대가 왔다. 이제는 중심이 따로 어디라고 말하기 어려워진다. 갈수록 더 그렇게 될 것이다. 그동안 지식이라고 인정받지 못했던 것들이 지식의 범주로 들어온다. 현시대의 지성에는 여러 다른 배경을 지닌 사람들에게 무례를 범하지 않도록 스스로 가이드라인을 계속 업데이트하는 능력과, 내가 알고 있던 게 다른 시각에서는 잘못된 것일 수 있음을 받아들이는 능력 또한 포함된다. 거기에는 평등에 대한 예민한 저울과 같은 감각이 필요하다. 그래서 나는 이것이 매너가 아닌 지성의 영역이라고 믿는다. "아이구~ 무슨 말을 못하겠네" 같은 말을 삼키지 않고 기어이 내뱉는 한국의 중년남성 상사 같은 사람들이야말로 명백한 반지성과 업데이트 미비의 산 증거라 하겠다.

팟캐스트를 하면서 내가 가장 기쁘게 생각하는 칭찬은 '무해하게 재미있다'는 말이다. 남을 공격하거나 비하하는 농담을 하지 않으면서도 재미있다는 뜻이다. 물론 나도 가부장제와 남성 권력에 대해서는 꽤 공격적인 자세를 취하기도 하지만 그것은 공격이라기보다는 저항이다. 나의 태도를 저항이 아닌 공격으로 자평할 만한 변화가 오기를 바란다. 앞으로도 나아갈 길이 멀지만, 그날 팟캐스트를 들을 때처럼 내 말을 점검하고 업데이트할 수 있는 기회를 맞는다면 기쁜 마음으로 나의 어휘사전을 수정할 것이다. 내가 좀더 나은 사람이 되고 있다는 뜻일 테니까. 나의 말이 더 나은 세상을 반영하는 말이 되기를 바란다.

대화의
희열

〈책읽아웃〉 81-1번 에피소드인 김원영 작가님 편은 내게 아주 특별하다. 유독 길었던 그 회차 녹음 말미에, 김원영 작가님과의 대화가 조금 예상치 못한 방향으로 흘러가더니 작가님도 나도 이상하게 점점 뭉클해져서 둘 다 눈에 눈물이 차오르기 시작했다. 전혀 슬픈 이야기도 아니었다. 김원영 작가님이 말했다. "저 지금 작가님이랑 춤춘 것 같아요." 멋을 부리려고 한 말도 아니고 계산된 순간도 아니었다. 저 말씀을 듣는 순간 정말이지 척추를 타고 흐르는 찌릿한 감정인지 감각인지 알 수 없는 무언가를 느꼈다. 작가님의 책 두 권 『실격당한 자들을 위한 변론』 『희망 대신 욕망』은 내게 엄청난 세계를 열어젖힌 저작이어서 나는 이 녹음을 잘하려고 미리부터 준비도 많이 했고 긴장도 꽤나 했던 터라 녹음을 마치고 집에 돌아가서는 완전히 탈진했다. 침대에 누워서 아까 우리가 나눈 그 순간을 천천히 다시 생각하다가 트위터에 이렇게 썼다.

오늘 책읽아웃 녹음하다가 경이로운 체험을 했고 이게 어떤 느낌인지는 김원영 변호사·작가님과 나만이 알 것 같다. 그 순간을 곰곰 떠올려보고 있다.

여러 날이 지나 팟캐스트가 업로드되자 김원영 작가님 편은 굉장한 반응을 불러왔고 명실공히 '김하나의 측면 돌파'의 레전드 회차가 되었다. 들어보니 내가 좀 횡설수설한 부분도 있는데 편집을 정말 꼼꼼히 해주셔서 완성도가 높아져 있었다. 놀라운 것은 들은 사람들 모두가 "저 지금 작가님이랑 춤춘 것 같아요"에서 내가 느꼈던 '척추를 타고 흐르는 전율'을 동시에 느꼈다는 사실이었다. 놀라웠다.

나는 그 순간의 공기가, 작가님과 나의 촉촉해진 눈시울이, 잠시 아득해져 갈 곳을 잃은 시선이나 달싹이는 입술 같은 것들이 기억 속에만 남고 사라져버렸다고 생각했다. 그런데 아니었다. 녹음된 대화만으로도 그 순간은 '캡처'되어 고스란히 담겨 있었다. 내가 친한 친구에게 '김원영 작가님과 녹음을 하다가 이런 일이 있었는데 말이야……' 하고 아무리 열심히 설명을 했다 한들 그 순간의 감동을 내 것처럼 느끼게 하지는 못했을 것이다. 나는 그 반응들을 보고 '공유'라는 말의 의미를 다시 새겼다. 무언가를 전한 것이 아니었다. 함께 느낀 것이었다. 우리는 그 순간을 '공유'하게 되었다.

김원영 작가님과 일대일로 만나 길고 진지하게 이야기를 나눌 수 있는 행운을 누리는 사람은 많지 않을 것이다. 그런 기회가 생긴다 하더라도 '인터뷰'라는 형식을 띠고 있지 않은 한 일방적으로 뭔가를 자꾸 캐물을 수는 없을 것이다. 그건 무례한 일이므로(김원영 작가님의 『실격당한 자들을 위한 변론』에서 내게 아주 인상 깊었던 표현은 '예의바른 무관심'이었다. 맥락은 다르지만). 나는 하면 할수록 내게 인터뷰어라는 '배역'이 주어진 것이 엄청난 행운 같다. 마이크 앞에서 인터뷰어라는 배역을 맡으면 순식간에 상대에게 아주 깊숙한 질문을 던질 수 있게 되니까. 우리 임나리 작가님(그냥님)이 인터뷰의 골조에 해당하는 대본을 꼼꼼히 써주시지만 나는 인터뷰이의 답변을 듣다가 궁금한 게 생기면 대본에 구애받지 않고 자유롭게 이야기를 끌고 나간다. 그러기 위해 사전에 작가의 글을 많이 읽고 궁금증을 잔뜩 키워두는 것은 필수다. 인터뷰에서 가장 중요한 것은 상대를 향한 관심이니까. 내가 어디 가서 무슨 일을 한들 소설가·시인·변호사·검사·판사·번역가·임상심리학자·펭귄박사·셰프·만화가·길냥이구조활동가·영화감독·기업인·피디 등등을 만나 그들의 직업 세계와 개인생활의 궁금한 점들을 꼬치꼬치 캐물으며 길고 깊은 대화를 나눌 수 있을 것인가. 내가 원하는 것을 얼마든지 물어볼 수 있는데다가 그에 대한 멋진 답들을 음성 파일로 아카이빙까지 해주니 '김하나의 측면돌파'는 일단 나의 맞춤형 인생 교재라고 하겠다. 게다가 나의 배움과 깨달음의 순간들을 미지의 청취자들과 함께 나눌 수도 있다니 얼마나 근사한가.

　이 책을 읽는 독자들에게 〈책읽아웃〉의 모든 에피소드를 추천하고 싶지만 그러면 추천의 의미가 없어지므로, 내가 진행한 편 중에서 대화의 재미를 흠뻑 느낄 수 있는 회차를 한 편만 더 추천하고 싶다. 〈책읽아웃〉 85-1 김혼비 작가님 편이다. 『우아하고 호쾌한 여자 축구』라는 걸출한 작품 이후 『아무튼, 술』을 내신 김혼비 작가님을 꼭 모시고 싶었다. 술 애호가인 '주류 작가' 김혼비 작가님과 또 그에 뒤지지 않게 술을 사랑하는 내가 『아무튼, 술』을 놓고 대화를 나눈다니, 여기에 술이 빠져선 안 되겠다는 생각이 들었다. 낮술 녹음으로 갑시다! 제안은 흔쾌히 통했고 책에 빨간 뚜껑 소주 이야기가 나오므로 주종은 소주와 맥주. 안주는 내가 우리 동네의 맛있는 만둣집에서 포장을 해 갔다. 과연 김혼비 작가님은 책만큼이나, 아니 책보다도 더 재미있는 분이었다(어떻게 그게 가능한가!). 술에 얽힌 에피소드들과 책에 미처 못 실은 이야기 등등을 들려주시는데 초반부터 너무 많이 웃어서 배가 당겼다. 오후 2시부터 좁아터진 스튜디오에서 술냄새를 풀풀 풍기며 이야기 나누던 그 시간은 잊지 못할 것이다. 게다가 『아무튼, 술』에는 소리만 들리는 팟캐스트의 특성에 기가 막히게 들어맞는 부분이 있었다.

하지만 뭐니 뭐니 해도 가장 좋아하는 소리는 소주 병을 따고 첫잔을 따를 때 나는 소리다. 똘똘똘똘과 꼴꼴꼴꼴 사이 어디쯤에 있는, 초미니 서브우퍼로 약간의 울림을 더한 것 같은 이 청아한 소리는 들을 때마다 마음까지 맑아진다. 오직 새로운 병의 첫잔 을 따를 때만 나는 소리라는 점에서 애달픈 구석도 있다.

책을 읽을 때는 '그게 어떤 소리지?' 싶었는데 실제로 소주병을 따서 첫잔을 따라보니 정말 저 묘사에 딱 들어 맞는 소리가 났다! 그날 마이크 앞에 대고 저 소리를 여러 번 녹음했는데, 나중에 청취자들이 그 소리를 들으니 '출 근길인데 소주가 당겼다' '갑자기 술이 고파서 친구 선물 주려고 포장까지 해뒀던 술을 풀었다' 등등 간증을 쏟아

냈다. 집에서 팟캐스트를 틀어놓고 혼술을 하니 즐거운 술자리에 와 있는 것 같아 좋다는 얘기도 많았다.

　나는 소주를 잘 못 마시는데 그날 김혼비 작가님과의 '대작'이 너무나 즐거워서, 또 술병에서 나는 똘똘 꼴꼴 소리를 듣는 게 재밌어서 홀짝홀짝 마시다보니 녹음 마지막엔 취흥이 너무 올라 목소리도 커지고 평소라면 안 할 듯한 말도 막 해버렸다. 스튜디오에서 이미 얼큰해진 채 나와서 2, 3, 4차까지 이어지는 대장정을 끝내고서야 집으로 돌아왔다. 정작 김혼비 작가님은 다음날 출근을 위해 아쉬워하며 2차에서 집으로 가셨는데 나머지 멤버들이 너무 흥이 나버려서 말이다. 여러모로 잊지 못할 날이었다. 나중에 올라온 팟캐스트를 들으며 다시 한번 생각했다. 역시 최고의 술안주는 대화로구나! 김원영 작가님 편과는 꽤나 다른 재미를 주는 김혼비 작가님 편도 꼭 들어보시길 바란다.

목소리를
냅시다

살다보니 어느새 '읽고 쓰고 듣고 말하는 사람'이 되었다. 나를 소개할 때 이 순서를 바꾸지 않는다. 읽고 나서 쓰고, 듣고 나서 말한다. 읽고 쓰기가 듣고 말하기보다 먼저 오는 것은 읽고 쓰기의 호흡이 더 느리기 때문이다. 천천히 받아들이고, 느리게 사유하고, 꼼꼼히 정리하고 나서 듣고 말하기에 나선다. 듣고 말하기는 아무리 천천히 해도 즉시적이어서 실수하거나 무례를 범하기 쉽다. 어설프게 비유하자면 운전면허 필기시험에 붙고 나서 주행 연습에 들어가는 것과 같달까. 교통법규와 이론에 대한 이해

없이 자동차를 운전하는 것은 위험천만한 일이다.

요즘 동거인과 천자문을 공부 중이다. 어느 날 갑자기 시작했는데 하루 여덟 자씩 공부해서 오늘로 104일째가 되었다. 며칠 전 '즐길 탐眈' 자를 알게 되었는데 '즐기다'라는 뜻의 한자어에 입 구口 자나 눈 목目 자가 아닌 귀 이耳 자가 들어간다는 게 흥미로웠다. 자연의 소리, 인간 음성으로 된 말이나 노랫소리의 즐거움은 본원적인 것이구나 싶었다.

국문학을 전공한 나는 구비문학을 공부할 때 그 말소리의 리듬감이 어찌나 찰지고 재미있던지 탄복해 마지않았던 기억이 있다. 내가 국문학을 공부하던 학부 시절은 1990년대 중후반인데, 그때는 랩과 힙합의 전성기이기도 해서 나는 당시 미국의 랩 그룹과 래퍼들에 푹 빠져 살았다. 우탱 클랜, 본 석스 앤 하모니, 닥터 드레, 스눕 독, 다 브랫, 미시 엘리엇, 어 트라이브 콜드 퀘스트, 더 루츠 등등 잘 알아듣지도 못하면서 말하기가 만들어내는 리듬감을 그야말로 탐하면서 지내던 시간이다. 라이선스 음반이 나오지 않아서 돈을 모으고 발품을 팔아 수입 음반을 사러 돌아다니곤 했을 정도로 즐겼다.

시간이 흘러 2020년인 지금은 사정이 꽤 바뀌었다. 랩을 듣는 게 썩 즐겁지가 않다. 랩은 세계를 휩쓸었고 우리나라에서도 메이저 음악 장르가 되었다. 주류 질서에 저항하는 음성으로 된 유희이자 무기였던 랩은 이제 맥락이 많이도 바뀌었다. '기브 미 더 마이크Give me the mic!'를 외치는 건 마이크가 절실해 보이는 사람들이 아니다. 권력이 있는 쪽에서 내뱉는 약자 혐오로 가득한 랩을 들으면 너무 괴롭다. 위험천만하게 자동차를 운전하고 싶다는 욕망만 커 보인다.

나는 오래전부터 TV를 보지 않는다. 남성 출연자들만 우르르 나와 떠드는 프로그램이 넘쳐나는데 재미도 없을뿐더러 발언을 듣다보면 짜증이 날 때가 많았기 때문이다. 외모 비하 농담을 하는 코미디언, 성범죄 전력이 있는 연예인, 차마 입에 담지 못할 여성 혐오 발언을 쏟아냈던 MC 등, 남성 출연자들의 면면을 보고 있으면 이 사회가 남성에게는 얼마나 관대한지를 실감하게 된다. 작년에 공중파 TV 연예 프로그램에서 고정 패널로 참여하지 않겠느냐는 제안이 왔다. 보수도 괜찮았고 TV에 나간다면 여러 다양한 기회가 생길 것도 같았지만 거절했다. 그 프로그램의 남성 진행자는 앞서 말한 여성 혐오 발언의 주인공이었고 나는 매주 그의 얼굴을 봐야 한다는 게 견딜 수 없이 싫었다. TV뿐만 아니라 어디에든 남성들을 위한 마이크는 차고 넘친다. 다시 말해 권력을 가진 사람들은 여전히 큰 마이크를 줄 기회가 많다. '기브 미 더 마이크'를 외치지 않아도, 굳이 읽고 쓰고 듣지 않아도 말할 기회가 넘치는 사람들. 그러나 요즘은 작은 마이크들이 무수히 많아진 시대이기도 하다. 세상이 내게 마이크를 주지 않아도 자신의 이야기를 꺼내놓을 수 있는 시대다. TV라는 큰 마이크보다 작은 마이크들의 세상이 내겐 훨씬 더 깊이 있고 진실되고 재미있다. 그러니 더 많은 사람들이 자신의 이야기를 꺼내놓았으면 좋겠다. 자신의 목소리를 들려줬으면 좋겠다.

'말하는 사람'으로도 살고 있다보니 한번은 친구가 결혼식 사회를 부탁해왔다. 처음 부탁을 받았을 때는 '내가 무슨'이라며 손사래 치고 싶었지만 이내 생각을 고쳐먹었다. 내가 하지 않으면 다른 남성이 사회를 맡게 될 터였는데 그보다는 내가 하는 게 더 의미 있을 것 같았다. 결혼식이 끝나고 나니 '여성 사회자라 신선했다'는 반응들이 있었다. 몇 달 전에는 친구 커플이 결혼식을 하는데 황선우 작가와 함께 주례(!)를 맡아달라는 부탁을 해왔다. 신선하긴 하지만, 아무리 생각해도 결혼을 하지 않은 사람들이 주례를 맡는 건 이상한 것 같아 고사했더니 그럼 축사를 해달라고 했다. 축사를 준비해서 식장에 가고 보니 주례가 없는 결혼식이어서 결국 우리가 주례 비스무리한 걸 한 셈이 되었다. 나쁘지 않았다.

　나는 마이크 앞에 선 여자가 더 많이 보여야 한다고 생각한다. 약자, 소수자, 장애인, 청소년, 질병을 앓는 사람들의 목소리가 더 많이 들려야 한다고 생각한다. 내게 주어진 마이크들을 더 잘 활용해야겠다는 생각이 든다. 그러기 위해서는 더 많이 읽고 쓰고 들어야겠지. 내게 마이크가 있는 한, 아니 없다면 만들어서라도, 더 많이 말하고 더 다양한 목소리를 듣고 싶다. 지금껏 들리지 않았던 수많은 목소리들에게 마이크를 건네고 싶다. 한없이 내성적이었던 나에게 용기를 주셨던 분들처럼, 나도 편견 앞에 주눅든 많은 사람들에게 목소리 낼 용기를 주는 말을 건네고 싶다.

기억해, 너는 말하는 사람이 될 거야.

김하나의

마인드맵

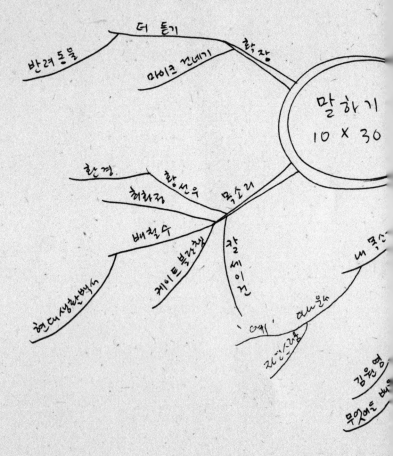

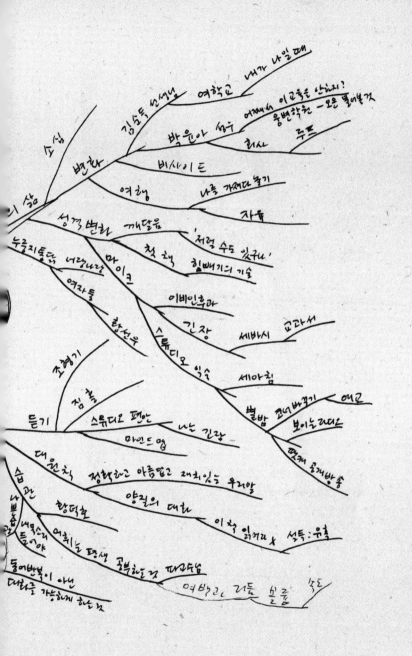

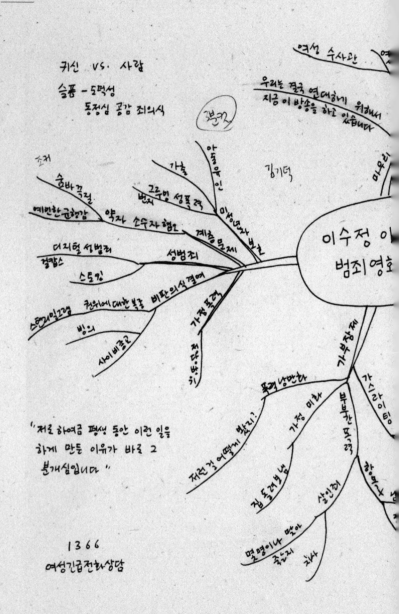

귀신 vs. 사람

슬픔 - 도덕성
동정심 공감 죄의식

본깃

여성 수사관

우리는 결국 연대하기 위해서
지금 이 방송을 하고 있습니다

김기덕

이수정 이
범죄영호

"저로 하여금 평생 동안 이런 일을
하게 만든 이유가 바로 그
본개심입니다"

1366
여성긴급전화상담

최세희 · 조영주 작가

북토크

작가들
한국에서 내가 제일

제시적

"범죄를 엔터테인먼트로 소비하는 매체들
관성없습니다. 여성이나 아동 같은 피해자의 입장에서
범죄 영화를 다룬다면 모르겠습니다만"

(공백) 첫 녹음 ×

판

시력
망막박리증

영혼이 회복되는 느낌
공감
혼자가 아니었다

만드는 방식? ✓
흥분 차분
나아졌고, 나아지고 있다
진리와 성장의 경험

의
국파일

책 ✓
첫날 네 군데 출판사
차분
해코지

녹취록
요점
영화기자

국가에 일단 요구
여성들 강연
두 전문가
범죄 대중 90%
범죄 심리 전문가

반의사불
죄
가해자 이입 사회 문화 1장: 왜 피해자가 집을

의제강간연령
각성효과
가정폭력

캠던 마을
아동유인방지법
13 → 16세 미만

소유물
함정(?)수사형
함정수사 허용

풍습요

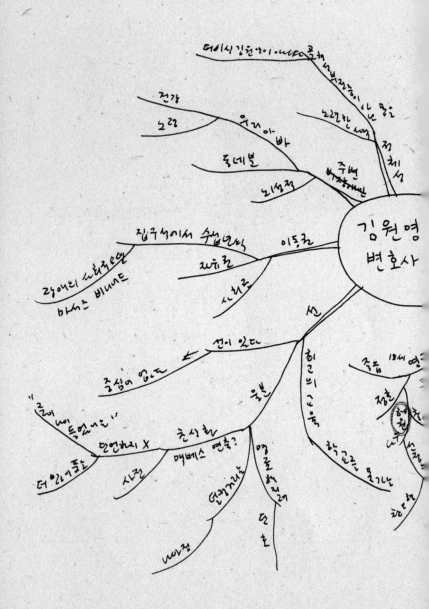

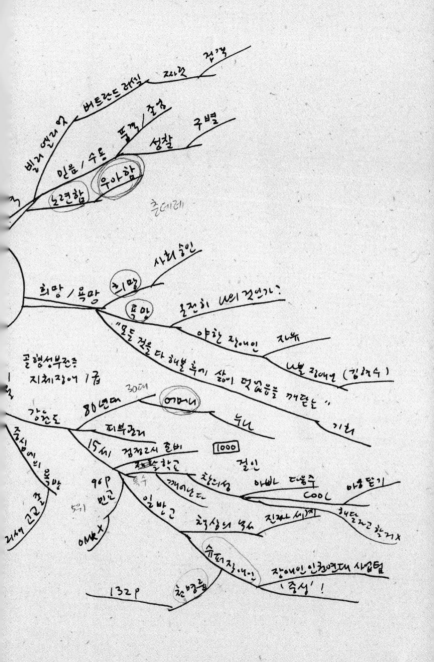

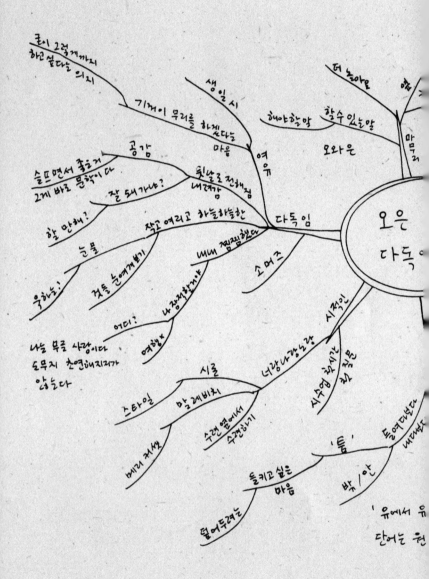

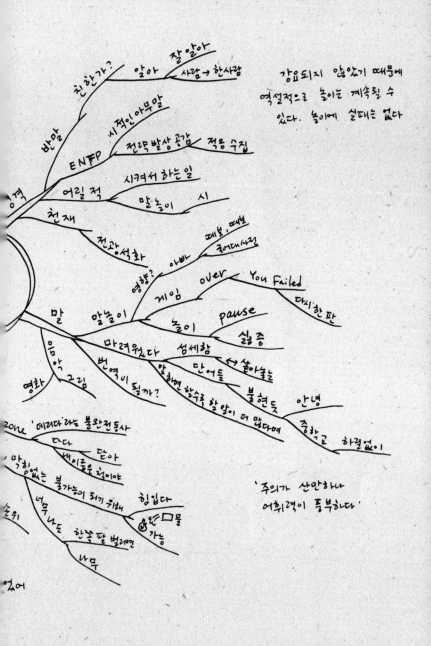

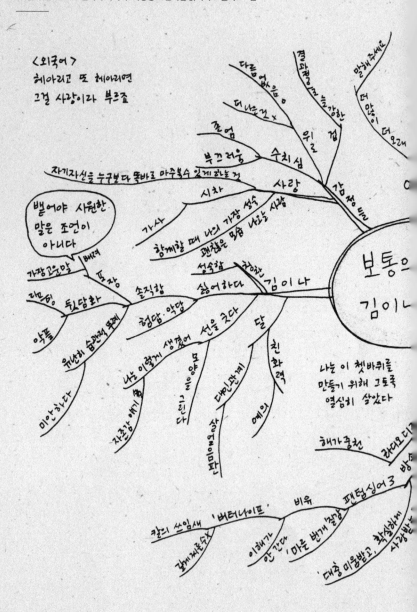

〈외국어〉
헤아리고 또 헤아리면
그걸 사랑이라 부르죠

말해주세요

결과적으로 올바강한

더 많이 더 오래

다름없으니 ㅇ

더 나은 건 X

위로

졸업

수치심

부끄러움

감정들

자기자신을 누구보다 똑바로 마주볼수 있게 하는 것

사랑

시차

뱉어야 시원한 말은 조언이 아니다

가사

함께할 때 나의 가장 성숙 편집은 모습 나오는 사람

가장 고운말

배려

포장

편안한

성숙함

김이나

보통의
김이나

다큐멍

뒷담화

솔직함

싫어하다

달

욕플

유언비 숨김없

협담·악담

나는 이렇게 생겼어

선을 긋다

친화력

미안하다

자존감여

모양을

그린다

대인관계

삼어야

예인

나는 이 쳇바퀴를
만들기 위해 그토록
열심히 살았다

해가중천

라디오D

방

칼리 쓰임새 '버터나이프'

비유

펜텀싱어3

함께 겨룬수X

이해가 안된다

마를 벗게 걸음

'대충 이용받고, 착실하게

관찰

출언 ♡

컨텍스트 / 햄타포트 B — 파동에 가까운 / 언어
감정
소통불가능성 — 전제

섬세한 관찰자

말 — 슬프다 — 서럽다 / 서글프다
이슬이 맺혀 똑똑 떨어지는 소리가 듣기좋아서 '슬프다'가 되는게 아닐까
비밀 — 붙다 / 품다
원래?

언어들
작사가

책
언제?
속도 — 작사 — 들려도 — 영감 / 즉시성
글 — 완성도
쓰는 동안
메모 — 사전

모든 직업은 현실이다
현실 — 포장 X — 야야 써비 / 발음을 다잡언
어감 — 말앗 / 알맞게 말하기
듣기는 글쓰기 — 찬란하다
좋은 일꾼으로서의 글쓰기, 10년간의 생즙기 — 살아남다

사가   김이나의 작사법

나혼자 잘하면 되들일 / 팀장 X / 책임 / 스페셜리스트
팀 작업
비굴하고 비참햇볼땐 — 함몰 X / 본인을 남이 받여 추측
꿈을써 꿋꿋하려 어쁜늘

말하기를 말하기

ⓒ 김하나 2020

1판 1쇄 발행 2020년 6월 30일
1판 7쇄 발행 2023년 5월 26일

지은이 김하나

책임편집 배윤영
디자인 최윤미 | 저작권 박지영 형소진 최은진 오서영
마케팅 정민호 김도윤 한민아 이민경 안남영 김수현 왕지경 황승현 김혜원
브랜딩 함유지 함근아 박민재 김희숙 고보미 정승민
제작 강신은 김동욱 임현식 | 제작처 영신사

펴낸곳 (주)문학동네 | 펴낸이 김소영
출판등록 1993년 10월 22일 제2003-000045호
주소 10881 경기도 파주시 회동길 210
전자우편 editor@munhak.com | 대표전화 031) 955-8888 | 팩스 031) 955-8855
문의전화 031) 955-2696(마케팅) 031) 955-8868(편집)
문학동네카페 http://cafe.naver.com/mhdn
인스타그램 @munhakdongne | 트위터 @munhakdongne
북클럽문학동네 http://bookclubmunhak.com

ISBN 978-89-546-7273-3 03810

www.munhak.com